아버지,
내 삶의 거울

아버지, 내 삶의 거울

초판 1쇄 인쇄 2008년 5월 1일
초판 1쇄 발행 2008년 5월 8일

옮긴이 이성호
펴낸이 조윤숙
펴낸곳 문자향
신고번호 제300-2001-48호
주소 서울 서대문구 남가좌동 124-313 / 2층
전화 02-303-3491
팩스 02-303-3492
이메일 munjahyang@korea.com

값 8,500원

ISBN 978-89-90535-37-5 04810
    978-89-90535-33-7(세트)

※잘못된 책은 본사나 구입하신 서점에서 교환해 드립니다.

아버지,
내 삶의 거울

| 이성호 편역 |

문자향

아버지의 헛기침 한 소리가 어머니의 백 마디 가르침보다 아이들에게는 더 교육적이었다고 한다. 그 시절에 아버지의 말씀은 우리 삶의 지침 바로 그것이었다.

세월이 흐르고 세상이 바뀌면서 아버지의 위상은 흔들리고, 이에 따라 아버지의 말씀도 사라져 가고 있다.

그러나 아버지의 말씀이 없어서야 되겠는가?

아버지의 말씀을 찾아서 옛 문헌을 뒤적이다가, 많은 우리 아버지의 말씀들을 만났다. 그 가운데 오늘을 돌아보면서 50여 편의 글을 간추렸다. 여기에는 거역할 수 없는 준엄한 가르침도 있고, 애타는 기다림도 있고, 염려함도 있고, 슬퍼함도 있다.

"마음을 바깥으로 치달리게 하여 정신과 세월을 허비함이 없기를 바란다. 다시 예전으로 돌아가서야 되겠느냐. 삼가고 삼가서 밝게 네 몸을 살피기를 바란다."

"만일에 어른들이 예우하지 않는 사람이 되면 장래에 발붙일 곳이 없을 터이니 조심하고 조심하여라."

"산을 보아도 네 생각, 물을 보아도 네 생각, 솔바람 소리 들어도 네 생각, 작은 배에서 밝은 달 바라보아도 네 생각뿐이란다."

한 편 한 편 모두 다 동서고금을 막론하고 세상 그 어디에다 내놓아
도 부끄럽지 않을 우리 아버지들의 소중한 말씀들이다.

수락산 자락 귀락재歸樂齋에서

이성호 씀

차례

아버지,
내 삶의 거울

생전에 다시 널 볼는지

해가 막 넘어갈 듯한 늘그막
울면서 아이 함涵이를 떠나 보내네
네게 묻노니 어디로 가는 게냐
아득한 하늘 남쪽이라 하네

태수는 비록 네게 영광이겠지만
이 이별 내 어찌 감당하겠느냐
어찌 이 칠십 넘은 늙은이가
남아서 기한 삼 년을 기다리겠느냐
틀림없이 영원한 이별이 되리니
이 시름 뭐로 말할 수 있겠느냐

잘 갔다가 조정으로 잘 돌아와
넓고 깊숙한 공부公府에 앉아서
집안 명성 떨어뜨리지 않으면
사람들이 아무개 아들이라 하리라

눈앞에서는 비록 못 보더라도
황천에서야 어찌 알지 못하겠느냐

청백淸白이 첫 번째이고
그 다음은 신중과 겸손이니라

이규보 李奎報(1168~1241)는

고려의 문신·학자로, 초명은 인저仁低, 자는 춘경春卿, 호는 백운거사白雲居士·지헌止軒·삼혹호선생三酷好先生, 본관은 여주驪州, 시호는 문순文順이다. 9세 때 이미 신동으로 알려졌다고 한다. 그러나 젊은 시절 술을 좋아하며 마음 내키는 대로 살았고, 이로 인해 과거시험에 세 번이나 낙방했다 한다. 23세 때 비로소 진사에 급제했고 32세부터 벼슬길에 올랐다. 고려시대의 대표적 문호이며 문집으로 『동국이상국집東國李相國集』이 전하고 있다.

이 시는 신축년(1241) 3월 3일, 홍주 태수로 부임하는 큰아들 함涵을 전송하면서 지었다. 이때 그의 나이 74세였으니, 태수로 승급하여 부임하는 아들에 대한 기쁨보다는, 혹시라도 살아서는 다시 못 만날지 모른다는 두려움이 앞서고 있다. 그래서 청백한 벼슬아치가 되고 근신과 겸손으로 가문의 명예를 실추시키지 말라는 당부를 유언처럼 남기고 있다. 과연 이해 9월 그의 직감대로 그는 세상을 하직하고 말았다.

이함李涵은 초명이 삼백三百이었는데, 아버지를 쏙 빼닮아 젊어서부터 술 마시는 걸 꽤나 좋아하였던가 보다. 이를 보다 못한 이규보는 술 마시는 아들을 경계시키는 시를 지어 주기도 하였다. 제목은 「아들 삼백이 술을 마시네(兒三百飮酒)」이다.

네가 어린 나이에 벌써 술을 마시니	汝今乳齒已傾觴
조만간 창자라도 녹을까 걱정이다	心恐年來必腐腸
네 아비의 오랜 술버릇 배우지 말거라	莫學乃翁長醉倒
한평생 남들이 미치광이라 한단다	一生人導太顚狂
한평생 신세 망친 게 오로지 술 탓인데	一世誤身全是酒
너도 지금 음주를 좋아할 건 무엇이냐	汝今好飮又何哉
삼백이라 이름 지은 걸 이제야 후회하나니	命名三百吾方悔
날마다 삼백 잔을 마실까 걱정이다	恐爾日傾三百杯

※ 원제 신축년 삼월 삼일 홍주 태수로 부임하는 큰아들 함을 보내며(辛丑三月三日送長子涵以洪州守之任有作) 원문보기 p194_1

태산에 오르면 천하도 작게 보인다

사내라면 모름지기 제왕의 도성에서 벼슬해야 하리니
만약 이걸 이루고자 한다면 오직 노력밖에 없느니라
너는 알고 있으리라, 공자께서 천하도 작게 여긴 것을
몸소 저 태산 높은 곳에 올라가 보았기 때문이니라

삼십여 년 전 책읽기를 게을리 하였는데
백발인 지금에야 헛된 명성을 탄식하노라
너는 지금 촌음을 아껴서 배워야 하리니
부귀를 구할 수 있다면 연목구어라도 않으랴

이곡 李穀(1298~1351)은

고려의 문신·학자로, 초명은 운백蕓白, 자는 중보中父, 호는 가정稼亭, 본관은 한산韓山, 시호는 문효文孝이다. 문장에 뛰어났고 경학에 밝았다. 문집으로 『가정집』이 있다.

이 시는 "공자孔子는 동산에 올라 노나라를 작게 여겼고, 태산에 올라 천하를 작게 여겼다"는 『맹자』의 한 구절을 상기시키며, 밖으로는 천하의 한가운데서 큰 포부를 펼치고 안으로는 자기 수양을 위해 촌음을 아껴서 공부에 힘쓸 것을 격려하는 시이다. 그의 아들은 고려 말 삼은三隱의 한 사람인 목은牧隱 이색李穡이다.

마지막 구절 '연목구어緣木求魚'는 나무에 올라가서 물고기를 찾는다는 뜻으로, 도저히 이루어질 수 없는 것을 비유한다. 따라서 이 구절은, 부귀란 구한다고 해서 구해지는 게 아님을 말하고 있는 것으로, 학문으로 부귀를 구하는 것은 연목구어보다 어리석은 짓임을 일깨우고 있다.

일반적으로 옛날의 선비나 군자들은 세속의 부귀를 멀리하거나 천시한 것으로 생각하는 경향이 있다. 그러나 사실은 그렇지 않다. 다만 그게 정당하지 않는 부귀라면 거기에 처하려 하지 않았을 뿐이다.

"옳지 않은 부귀는 나에게 뜬구름 같은 것이다(不義而富且貴, 於我如浮雲)."(『논어』)

"부귀는 사람이라면 다 원하는 것이지만, 그 정당한 도로써 얻은 것이 아니라면 거기에 처하지 않겠다(富與貴是人之所欲也, 不以其道富

與得之, 不處也)."(『논어』)

　중국 송나라 때의 저명한 성리학자인 정자程子의 말 또한 우리에게 시사해 주는 바가 적지 않다.

　"집이 가난하고 어비이가 늙었거든 반드시 녹사를 해야 한다(家貧親老, 須用祿仕)."

　녹사祿仕란 봉록을 받기 위해 하는 벼슬살이이다. 벼슬은 원래 가슴에 품은 도를 행하기 위해 하는 것이지만, 집이 가난하고 어버이가 늙은 경우와 같은 부득이한 상황에서는 미관말직의 녹사라도 해서 어버이를 봉양해야 한다는 것이다. 그렇게 하지 않으면 옛날에는 그것을 불효라 하였다. 그것도 3대 불효의 하나였다.

※ 원제 가형의 시운으로 시를 지어 아이에게 보여주다(用家兄詩韻寄示兒子訥懷)
　원문보기 p194_2

아들의 이름을 지으며

나무의 생장이 오래되면 반드시 바위 골짜기로 솟아나고, 물의 흐름이 오래되면 반드시 넓은 바다에 도달한다. 사람의 학문 역시 그러하니, 오래도록 그치지 않으면 반드시 성취가 있는 경지에 이른다.

너의 이름을 '구久'라 하였으니, 너는 그 이름을 돌아보고 그 뜻을 생각하라. 감히 방자하지도 말고 감히 안일하지도 말라. 오늘 한 가지 사물의 이치를 궁리하여 알아내면 내일도 한 가지 사물의 이치를 궁리하여 알아내라. 오늘 한 가지 선행을 행하였으면 내일도 한 가지 선행을 행하라. 하루하루 날마다 삼가면 성인成人에 이를 것이다. 그렇게 하지 않으면 나날이 손실을 당하고 나날이 퇴보하여 필경에는 소인小人이 되고 말리라.

너는 공경할지어다. 너는 힘쓸지어다.

하륜 河崙(1347~1416)은

고려·조선의 문신으로, 자는 대림大臨, 호는 호정浩亭, 본관은 진주晉州, 시호는 문충文忠이다. 이색李穡의 문인이며, 문집으로 『호정집』이 전한다.

이 글은 맏아들의 이름을 '구久'라 지어 주고 그 이름에 담긴 의미를 풀이한 것이다. 아버지가 '구'라는 이름을 지어 준 뜻을 늘 돌아보며, 제 이름 값을 하는 삶을 살도록 아들에게 신신당부하고 있다.

※ 원제 아들의 이름을 지은 글(名子說) 원문보기 p194_3

아들에게 주는 네 글자

공公

공정하면 사사롭지 않나니
마음 맑아져 욕심 없어지고
일처리가 이치에 맞게 된다
이것을 정직正直이라 하느니라

근勤

부지런하면 게을러지지 않나니
힘쓰고 힘써 허물 짓지 않으면
직무가 버려지지 않을 것이다
이것을 충현忠賢이라 하느니라

관寬

너그러우면 가혹하지 않나니
일마다 어질고 후덕하리라
군자의 덕은
경사가 훗날까지 미치느니라

신信

미더우면 망령되지 않나니
성심으로 유지하여
그 뜻을 굳게 지키고
스스로 바꾸지 말라

🪴 **권근**權近(1352~1409)은

고려·조선의 문신·학자로, 자는 가원可遠·사숙思叔, 호는 양촌陽村, 본관은 안동安東, 시호는 문충文忠이다. 조선 개국 후 왕권 강화에 큰 공을 세웠으며, 문장에 뛰어났고 경학에 밝았다. 문집으로 『양촌집』이 있다.

그의 아들 길천군吉川君 권규權跬(1393~1421)는 태종의 셋째 딸 경안궁주慶安宮主와 혼인하여 부마가 된 인물이다. 그런 아들에게 공정하고(公) 부지런하고(勤) 너그럽고(寬) 믿음직한(信) 삶을 살도록 당부하며 지어 준 명문銘文이다.

※ 원제 네 글자의 명문을 지어 아들 길천군 규에게 보이다(題四字銘示兒子吉川君跬) 원문보기 p195_4

자손을 경계하다

학문의 공은 크다. 천자가 배우지 않으면 사해를 보존할 수 없고, 제후가 배우지 않으면 사직을 보존할 수 없고, 경대부卿大夫가 배우지 않으면 자기 집을 보존할 수 없고, 사서인士庶人이 배우지 않으면 자기 몸을 보존할 수 없다. 옛 성현을 살펴보면 이 학문의 길을 거쳐가지 않은 이가 없었다. 왕형공王荊公(왕안석王安石)의 「권학시勸學詩」에 좋은 말이 있다.

책을 읽어 영화 누리는 건 보았어도	只見讀書榮
책을 읽어 욕을 보는 건 보지 못했다	不見讀書辱

삼가 조선의 제도를 살펴보면, 향리鄕吏(지방의 하급관리)보다 더 수고롭고 욕된 직임職任이 없다. 우리 집안은 본래 영광靈光의 향족鄕族이었는데, 우리 시조 생원공 휘 진璡께서 향역鄕役을 면제받은 공이 없었더라면, 우리들은 아마 방갓을 쓴 채 남한테 고개를 숙이고 엎드려야 하는 수고로움과 욕됨을 당해야 했을 것이다.

내가 다행히 보잘것없는 자질을 가지고도 우연히 사마시司馬試(생원·진사를 뽑는 시험)에 급제하여 20여 년 동안 성균관에서 음식을 축내었다. 그러나 운명의 길이 너무도 어긋나 여러 차례 과거 시험에 떨어져, 텅 빈 골짜기로 물러나 누워 지내면서 생을 마칠 듯이 한 게 여러 해였다. 그러다가 신미년(1451) 겨울 문종조에 재주와 학문이 모두 정밀하다는 그릇된 명성을 얻어, 성균관에서 물망에 올리고 예조에서 천거하여 특별히 종사랑從仕郞 수광흥창부승守廣興倉副丞에 제수되었다. 이 또한 옛일을 살펴 공부한 덕분이었고, 근고에 없었던 성대한 일이었다.

너희들은 나이가 모두 아직 약관이 되지 않았다. 이때에 '미쳐(及)' 학문에 부지런히 힘써서 총명을 개발한다면 공경公卿과 장상將相이 어찌 종자가 따로 있겠느냐! 이때에 '미쳐(及)' 안일하고 나태하여 선량한 마음을 가로막는다면 이것은 스스로 욕보기를 구하는 것이다. 아, 너희들은 이 점을 생각하여 '미쳐(及)'라고 한 말을 상세히 음미해 보는 게 좋겠구나.

여사인呂舍人(여본중呂本中 : 중국 송나라 때의 학자)은, "지도하고 인도하는 것은 스승의 일이요, 행하여도 이르지 못하는 게 있으면 조용히 바로잡아 경계하는 것은 벗의 임무요, 뜻을 결정하고 '앞으로 나가는(往)' 것은 모름지기 자기 힘으로 해야지 다른 사람에게 바라기 어렵다" 하였다. 아, 너희들은 이 점을 생각하여 '앞으로 나간다(往)'고 한 말을 상세히 음미해 보는 게 좋겠구나.

아, 나의 훈계를 듣는 사람은 누구이며, 어리석게 귀를 막는 사람은 누구더냐?

🌼 정극인 丁克仁(1401~1481)은

  조선의 문신·학자로, 자는 가택可宅, 호는 불우헌不憂軒·다헌茶軒·다각茶角, 본관은 영광靈光이다. 문집으로 『불우헌집』이 전하고 있으며, 우리 문학사상 최초의 가사 작품인 「상춘곡賞春曲」을 지었다.

  아직 관례를 치르지 않은 어린 자식들에게, 스스로 공부할 것을 결심하여 때맞춰 힘씀으로써 학문과 행실을 앞으로 나아가게 할 것을 경계하고 있다.

※ 원제 자손을 경계하다(子孫誡) 원문보기 p195_5

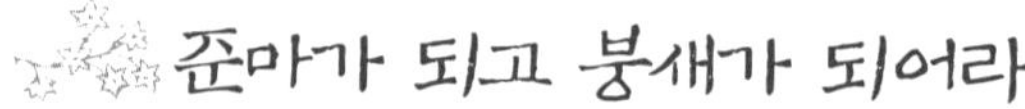

준마가 되고 붕새가 되어라

앉아서 정신을 집중하고자 하지만

화택火宅에서 분주하여 괴롭게 답답할 뿐이구나[1]

달팽이 뿔의 시비로 근심만 더해 가고[2]

거북 털의 이해득실로 병만 더 깊어지는구나[3]

임금 곁에 있으니 두려운 마음에 늘 땀이 나고

정승 자리에 있는지라 살얼음 밟듯 조심하노라

가련케도 나는 노쇠하여 움츠러드나

기쁘게도 너희들은 건장하여 쉬이 오르는구나

이미 알찬 학문으로 섬계蟾桂를 붙잡고 올랐으니[4]

어찌 겉만 번지르르한 글로 봉릉鳳綾이나 팔랴[5]

뜻과 절개는 늘 산처럼 우뚝해야 하고

마음은 하루 내내 연못처럼 맑아야 하느니라

술에 빠짐은 물고기가 미끼를 탐하는 격이요

여자에 빠짐은 나방이 불로 달려드는 격이니라

한 번인들 행실 경솔하면 허물 스스로 불러들이고

세 겹 봉인 잠깐이라도 터뜨리면 화가 이내 따르니라[6]

앞에서 하는 아첨은 취모吹毛의 칼인 듯 미리 경계하고[7]

절박한 하소연은 날카로운 마름인 양 두루 예방하라

침묵을 굳게 지켜 남의 단점을 조롱하지 말며
겸손하고 겸손하여 자신의 능력을 자랑하지 말라
높은 자리에선 삼가고 조심할 것을 생각하고
험난함을 만나거든 인기에 영합하여 나서지 말라
맑고 곧으면 훗날 좋은 명예를 얻을 것이며
삼가고 근면하면 무슨 환난인들 이겨내지 못하랴

내 말을 명심하고 웃어넘기지 말아라
자식의 도리를 다하자면 어찌 명심하지 않으리오
그저 그런 백만 마리 평범한 말보다 번개같은 준마 되고
삼천 리 물결 치고 나는 구름 속 붕새가 되어라
이 시를 듣고 너희들은 종신토록 외우겠지만
나는 손 가는 대로 내 뜻을 적었을 뿐이니라
내 어찌 과정훈過庭訓같이 잘 가르칠 수 있으리오[8]
절차탁마는 뜻 맞는 벗을 기다려야 하느니라

🪴 **최항** 崔恒(1409~1474)은

조선의 문신·학자로, 자는 정보貞父, 호는 태허정太虛亭, 본관은 삭녕朔寧, 시호는 문정文靖이다. 조선 전기의 문물제도 정비에 크게 기여한 것으로 평가받고 있으며, 훈민정음 창제에도 깊이 관여했다. 유고의 문집으로 『태허정집』이 전하고 있다.

이 시는 두 아들을 경계한 시이며, 두 아들은 큰아들 참의參議 영린永潾과 둘째아들 사도시 정司䆃寺正 영호永灝이다. 두 아들에게 몸가짐에 대한 여러 사례를 들며 하나하나씩 몇 마디 말로써 핵심을 짚어 가면서 준엄하게 일러 주고 있다.

1)화택火宅은 불교에서 번뇌로 충만한 속계를 화택(불붙은 집)에 비유함.
2)달팽이 뿔의 시비는 좁은 세상에서 사소한 일로 다툼을 비유함.
3)거북 털은 토끼의 뿔과 함께 불교에서 '실재하지 않는 것'을 비유할 때 많이 쓰는 말. '거북 털의 이해득실'이란, 있지도 않는 것을 가지고 쓸데없이 이해득실을 다투는 것을 뜻함.
4)섬계蟾桂는 달에 있다는 두꺼비와 계수나무. 여기서는 과거 합격을 뜻함.
5)봉릉鳳綾은 용봉릉龍鳳綾, 즉 용과 봉황이 수놓인 비단. 겉만 화려하게 수놓은 문장을 뜻함.
6)세 겹 봉인은 공자가 주나라 태묘에 갔을 때 입을 세 겹으로 봉한 금인金人(동상)을 보았는데, 등뒤에 말을 경계하는 글이 새겨져 있었다 함.
7)취모吹毛는 허물을 애써 드러내려고 털을 후후 불면서 흠집을 찾아내는 것.
8)과정훈過庭訓은 공자의 자식에 대한 가르침, 널리 아버지의 자식에 대한 가르침을 뜻함.

※ 원제 두 아들을 경계하다(戒二子) 원문보기 p196_6

우리 집의 보물

오늘 술상 앞에서 술 몇 순배 돌았는데
네 나이 서른여섯 아직은 늙지 않았구나
우리 집의 보물은 오직 청백일 뿐이니
부디 수없는 사람에게 전하고 전하여라

🪴박원형 朴元亨(1411~1469)은

조선의 문신으로, 자는 지구之衢, 호는 만절당晚節堂, 본관은 죽산竹山, 시호는 문헌文憲이다. 영의정을 비롯한 삼상三相을 두루 거쳤고 공신으로도 여러 차례 책록된 바 있으니, 그만하면 부와 귀를 충분히 누렸음직도 하다. 그러나 도둑이 들어왔다가 그냥 돌아갔다는 이야기가 전할 정도로 집안 창고는 텅 비어 있었다고 한다.

병중에서 이 시를 지은 후 얼마 뒤 세상을 떴다고 하니, 일종의 유언시가 된 셈이다. 만절당이 왜 우리 집의 가보는 오직 청백일 뿐이라 유훈하였는지, 만절당의 후손들뿐만 아니라 오늘의 우리도 곰곰이 생각해 볼 일이다.

참고로, 안동 길안에 가면 만휴정晚休亭이라는 정자가 있다. 보백당寶白堂 김계행金係行(1431~1521)이 만년에 쉬던 곳이다. 그는 일찍이 점필재 김종직과 학문으로 교유하였으며, 연산군 때 대사간으로서 간언을 해도 받아들여지지 않자 안동으로 낙향하여 여생을 보낸 인물이다. 그 정자의 현판에도 이런 말이 적혀 있다.

"우리 집에는 보물이 없고, 보물이라곤 오직 청백일 뿐이다(吾家無寶物, 寶物惟淸白)."

※ 원제 병중에 아들 안성에게 보이다(病中示子安性) 원문보기 p196_7

가훈

조심操心[1]

사람 마음은 변화무상하니 이 마음을 잡아 두면 보존되고 놓아 버리면 잃는다. 마음이 만약 몸에 보존되어 있지 않으면 보아도 보이지 않고 들어도 들리지 아니하니, 하물며 옳고 그름을 분간할 수 있겠는가. 이런 까닭에 반드시 마음을 몸에 보존해 두어야 하니, 그런 뒤 일을 만났을 때 혼란스럽지 않다.

마음이란 우리 몸의 주재자이니, 눈으로 볼 때 마음이 거기에 있지 않으면 보이지 않고, 귀로 들을 때 마음이 거기에 있지 않으면 들리지 아니하며, 우리 몸은 마음의 명령을 기다려서 움직이지 아니함이 없으니, 이것이 바로 마음이 우리 몸의 주재자가 되는 까닭이다. 그러므로 자기 몸을 바로잡으려면 먼저 그 주재자인 마음부터 바로잡아야 하는 것이다.

근신謹身[2]

몸이 수양되지 않으면 집안을 다스릴 수 없다. 왜? 아버지를 섬김에 효를 다하지 않는다면 자식 또한 나에게 내가 아버지에게 한 대로 할 것이고, 형을 섬김에 공경을 다하지 않는다면 동생 또한 나에게 내가 형에게 한 대로 할 것이기 때문이다. 그러므로 제 몸을 먼저 바르게 해야 하니, 그런 뒤에 부자·형제·부부 사이

가 바르게 될 것이다. 군신·친구 사이도 이것으로 미루어 보면
어떻게 해야 할지 바로 알 수 있다.

  □겸양하고 겸양하여, 타인이 설령 옳지 아니한 것으로 범하더
   라도 포용하고 세세히 따지지 말아라.

  □혈기 왕성할 때에는 경계해야 할 것이 여색에 있으니, 색욕
   의 해를 옛사람은 선한 본성을 베어 버리는 도끼라 하였다.

  □말로써 사이 좋게 지내기도 하고 싸움이 나기도 하며, 한 번
   뱉은 말은 천리마로도 따라갈 수 없다. 그러므로 옛날에 말
   을 삼갔던 자들은 입을 봉함하기를 병마개로 병을 막듯이 한
   것이다.

  □안에 쌓이면 밖으로 저절로 드러난다. 그러므로 군자는 남의
   이목이 닿지 않는 곳에서도 몸가짐을 삼가고 삼가는 것이다.

근학勤學3)

견문이 좁고서 마음이 넓었던 자 이제껏 없었다. 견문을 넓히
려면 독서만 한 게 없다. 성현의 도는 책에 실려 있는데, 진실로
뜻을 견고하게 세우고 순서를 따라서 차츰차츰 나아가다 보면 언
젠가는 저 성현의 도를 자연스레 터득하게 될 것이다.

  □공부함에 있어서의 핵심은 바깥으로 치달리고 있는 마음을
   몸으로 거두어들여 안정시키는 데 있다. 마음이 안정되어 있
   으면 광명이 저절로 사방으로 퍼져 나가 두루 비추어 주는

데, 마음이 안정되지 않고서 공부를 진척시킨 자 이제껏 없
었다. 마음을 거두어들여 안정시키는 데는 요령이 있으니
'경敬' 4)이 바로 그것이다.

□사람이 배우지 않으면 담장을 마주보고 있는 것과 같다. 배
 웠더라도 힘써 행하지 않는다면, 비록 만 권을 읽은들 무슨
 소용이 있겠는가. 그러므로 성현의 글을 읽을 때는 마땅히
 성현의 마음을 탐구하여 하나하나 몸소 행해야 할 것이다.

거가居家5)

지금은 부자와 형제가 함께 사는 게 드물고 각자 따로 살면서
점점 남남 관계처럼 되어 화목하게 지내지 못하고들 있는데, 부
형父兄들은 포용하고 관대하여 자잘하게 따져서는 안 될 것이고,
자제子弟들도 부형을 정성껏 대하여 효우孝友와 화목함에 힘써야
할 것이다.

□사치의 해로움은 천재天災보다 더하거늘 요즘 사람들은 집이
 곤궁한데도 재물을 남용하지 않음이 드물다. 집에서는 절약
 과 검소함을 우선으로 삼아야 하니, 이는 재물을 아껴서 부富
 를 도모하고자 하는 게 아니다. 그리 하지 않으면 안 되어서
 이다. 만약에 집이 넉넉하다면 봉양과 장송葬送, 구휼救恤을
 어찌 넉넉하게 하지 않고 인색하리오.

□족친族親은 같은 조상에서 갈라져 나온 자들이니 조상의 입

장에서 보자면 똑같은 후손일 뿐이다. 만약에 조상 덕택으로 문호門戶를 세웠다면 마땅히 곤궁한 친척들을 보살펴 조상의 복을 함께해야 할 것이다.

□재물이 도리에 어긋나게 들어온 것은 또한 도리에 어긋나게 나간다. 재물을 의롭지 않게 취했다면 반드시 하늘로부터 재앙이 있을 것이다. 의롭지 않은 부유함은 차라리 청빈함보다 못하다. 그러므로 군자는 청백함을 귀하게 여기는 것이다.

□여자가 청탁하는 것은 마땅히 자신이 먼저 나서서 막아야 하니, 이런 청탁을 기꺼이 하게 한다면 몹쓸 사람이 되고 만다.

신숙주 申叔舟(1417~1475)는

조선의 문신·학자로, 자는 범옹泛翁, 호는 보한재保閑齋·희현당希賢堂, 본관은 고령高靈, 시호는 문충文忠이다. 당대의 석학으로 한글 창제에도 지대한 공헌을 끼쳤다. 문집으로 『보한재집』이 전하고 있다. 이 글은 그의 문집에 「가훈家訓」이라는 이름으로 실려 있다. 다음은 이 가훈의 서문이다.

"선조先祖께서 학문으로 집을 일으킨 이래로 우리 집은 대대로 학문을 손에서 놓지 않았고, 충효와 화목을 가법家法으로 삼아서 자자손손 전해 왔는데, 나 같은 어리석은 자도 이런 선조들의 덕택으로 마침내 오늘 같은 날이 있게 되었다. 그러나 너무 성대하면 남의 시기를 받는 법, 이 때문에 전전긍긍 자지도 않고 먹지도 않고 어떻게 해야 할지 생각해 보았다.

바라노니 너희들과 함께 밤낮으로 마음을 다하여 조금이라도 나라의 은혜를 갚아서 우리 집 가업을 떨어뜨리지 않고자 한다. 그러나 너희들은 오래되면 점점 잊을 것이므로 그 대략이나마 적어서 가훈으로 삼고자 하는데, 이는 우리 집이 대대로 지키면서 물려받은 법이니, 너희들 각자 한 통 씩 베껴서 소중히 간직하고 마음에 담아 두기 바란다.

지혜와 능력이 출중한 호걸豪傑의 일은 실로 바라는 바 아니다. 다만 너희들이 이 가훈을 삼가 지켜서 선조들을 욕되게 하지 않기만을 바랄 뿐이다. 세조 13년(1468)에 보한재保閑齋에서 쓰다.”

1)조심操心은 ‘마음을 잡아 보존하라’ 는 뜻.
2)근신謹身은 ‘몸가짐을 삼가고 삼가라’ 는 뜻.
3)근학勤學은 ‘배움에 힘쓰라’ 는 뜻.
4)경敬은 마음을 집중하여 다른 데로 치달리지 않게 하는 것을 가리킴.
5)거가居家는 ‘집안에서 생활하며 일을 처리하는 것’ 을 뜻함.

※ 원제 가훈(家訓) 원문보기 p196_8

자식을 가르치는 다섯 가지 이야기

도둑의 아들

도둑질을 업으로 삼는 사람이 있었다. 그는 아들에게 자신의 기술을 모두 전수해 주었다. 아들은 자기의 재능을 자부하여 자기가 아비보다 훨씬 낫다고 생각하였다. 그래서 도둑질을 나갈 때는 언제나 아들이 먼저 들어가고 나중에 나왔으며, 값어치 없는 것은 버려 두고 귀중한 것만 들고 나왔다. 게다가 먼 곳에서 나는 소리까지 들을 수 있었고, 어둠 속에서도 사물을 식별하는 능력이 있어서 도둑들 사이에 칭송이 자자했다. 하루는 아비에게 자랑삼아 말했다.

"제 기술이 아버지에 비해 조금도 손색이 없고, 힘은 오히려 더 좋으니, 이대로 간다면 무엇인들 못하겠어요?"

"그렇지 않단다. 지혜란 배워서 이르는 데는 한계가 있다. 스스로 체득함이 있어야 한다. 너는 아직 멀었다."

"도둑이야 재물 많이 얻는 게 제일인데, 제가 아버지보다 소득이 항상 배는 더 되잖아요. 게다가 나이도 아직 어려서, 아버지 나이가 되면 틀림없이 특별한 재주를 터득하게 될 거예요."

"그렇지 않다. 내 방법을 그대로 실행한다면 겹겹이 둘러진 성에도 들어갈 수 있고, 깊숙이 감추어 둔 물건도 찾아 낼 수 있다. 그러나 조금이라도 실수를 하면 화가 따르게 마련이다. 아무런

흔적도 남기지 않고 임기응변하여 그때그때 맞게 하는 그런 수준은 스스로 체득해야만 한다. 너는 아직 멀었다."

아들은 아비의 말을 건성으로 들었다. 다음날 밤 아비 도둑은 아들을 데리고 어느 부잣집에 들어갔다. 아들을 보물창고 안으로 들여보내고는 아들이 보물을 챙기느라 정신이 없는 틈에 밖에서 문을 닫고 자물쇠를 걸었다. 그리고는 자물통을 흔들어 주인이 듣게 하였다. 그 소리를 듣고 주인이 도둑을 쫓다가 돌아와 보니 창고의 자물쇠는 잠긴 채 그대로였다. 주인은 안심하고 방으로 되돌아갔고 아들 도둑은 창고 속에 갇힌 채 빠져나올 길이 막막했다. 그래서 손톱으로 사각사각 쥐가 문짝 긁는 소리를 냈다. 주인이 그 소리를 듣고는 생각했다.

'창고 속에 쥐가 들었나 보군. 물건을 망가뜨릴지도 모르니 쫓아 버려야겠구만.'

그리고는 등불을 들고 나갔다. 자물쇠를 열고 살펴보려는 순간, 아들 도둑은 쏜살같이 빠져나와 달아났다. 주인집 식구들이 모두 뛰어나와 그를 쫓았다. 아들 도둑은 더욱 다급해졌다. 이래서는 모면하지 못하리라 짐작하고 연못가를 돌아서 달아나다가 큰 돌을 들어 못 속으로 던졌다. 그러자 뒤쫓던 사람들이,

"도둑이 물속으로 뛰어들었다."

하면서 못가에 빙 둘러서서 찾았다. 아들 도둑은 그 틈에 빠져나갔다. 집으로 돌아와서는 아비에게 따졌다.

"금수도 제 새끼를 보호할 줄 아는데, 제가 무슨 큰 잘못을 저질렀다고 이렇게 욕을 보이세요?"

"이제 너는 천하의 독보적인 존재가 될 게다. 사람의 기술이란 남에게서 배운 것으로는 한계가 있게 마련이다. 그러나 제 스스로 체득한 것은 그 응용이 무궁한 법이다. 더구나 곤궁하고 어려운 일은 사람의 심지心志를 굳게 하고 솜씨를 원숙하게 만든다. 내가 너를 궁지로 몬 것은 너를 안전하게 하자는 뜻이었고, 너를 위험에 빠뜨린 것은 너를 구하자는 뜻이었다. 네가 창고에 갇히고 다급하게 쫓기는 일을 당하지 않았다면, 어떻게 쥐 긁는 시늉과 돌 던지는 기발한 꾀를 냈겠느냐? 너는 곤경을 겪으면서 지혜가 성숙해졌고 다급한 일을 당하면서 기발한 꾀를 냈다. 이제 지혜의 샘이 한번 트였으니, 다시는 실수하지 않을 게다. 너는 천하의 독보적인 존재가 될 게야."

그 뒤 과연 그는 천하제일의 도둑이 되었다.

도둑질처럼 악한 일에도 반드시 스스로 체득한 뒤에야 비로소 천하제일이 될 수 있다. 하물며 도덕과 공명에 뜻을 둔 선비야 더 말할 게 있겠느냐? 대대로 벼슬하여 국록을 먹는 집안의 자제들은 인의仁義를 행하는 게 얼마나 훌륭한 일인지, 학문을 연마하는 게 얼마나 유익한 것인지 모르면서 자기가 현달하고 나면, "선대의 공적을 능가할 수 있다"고 함부로 떠들어 댄다. 이것은 곧 아들 도둑이 아비 도둑에게 자랑하는 것과 같은 꼴이다.

만약 높은 벼슬을 사양하고서 낮은 자리를 택하고, 호사한 것을 버리고서 담박한 것을 좋아하며, 마음 잡고 공부하여 나쁜 습속에 휩쓸리지 않는다면, 남들과 대등해질 수도 있고 공명도 이룰 수 있을 것이다. 그리고 등용되면 자신의 경륜을 펼치고 등용되지 않으면 자신의 지조를 지켜서 어떤 경우라도 합당하지 않음이 없을 것이다. 이는 곧 아들 도둑이 곤경을 겪으면서 지혜가 성숙해져 마침내 천하의 독보적인 존재가 될 수 있었던 것과 같다.

너 또한 이 경우와 비슷하다. 도둑이 창고에 갇히고 다급하게 쫓기던 것 같은 곤경을 피하지 말고 마음속으로 스스로 터득할 것을 생각해야 한다.

이 말을 소홀히 여기지 말거라.

뱀을 먹는 사람들

명주溟州(지금의 강릉) 땅은 좋은 약재가 많이 나는 곳이다. 약국藥局(내의원)에서는 2년마다 의원을 파견하여 약을 채취하였는데, 어떤 한 의원이 이 소임을 전담하여 자주 명주에 가게 되었다. 이 의원이 처음 도착하였을 때 약초꾼들이 그들의 무리 가운데 한두 사람을 손가락질하며 말했다.

"저놈들은 뱀을 먹습니다요."

그러면서 너나없이 치를 떨며 냉소하였다. 밥도 함께 먹지 않았고, 자리도 함께 앉지 않았으며, 아예 사람으로 취급하지 않았다.

그런데 2년 뒤 다시 갔을 때는 조롱하는 자들이 줄어들었고, 저번에 '뱀을 먹는다'고 냉대하던 자들도 친밀해져서 거리낌이 없었다. 또다시 2년 뒤 갔을 때는 온 마을에서 '뱀을 먹는다'고 비난하는 사람이 없어졌고, 조소하는 소리도 이제는 들리지 않았다. 그래서 가만히 살펴보았다. 사람마다 끝이 갈라진 목궁木弓과 작은 나무를 구부려 만든 활을 가지고 숲속 깊은 골짜기로 들어갔다. 약초를 캐다가 뱀을 만나면 크기에 상관없이 두 갈래로 벌어진 목궁으로 뱀의 머리를 눌렀다. 그러면 뱀이 머리를 치켜들고 주둥이를 벌리는데, 이때 나무를 구부려 만든 활로 쳐서 뱀의 이빨을 모조리 부숴 버렸다. 그런 다음 손으로 껍질을 벗겨서 화살통에 넣어 두었다가 밤이 다 되면 소금을 쳐서 구워 놓고 서로 앞을 다투며 남김없이 먹어치웠다. 그런데 이런 일이 오래 되자 중독되어 죽는 사람이 줄을 이었다.

아들아! 뱀은 땅에서 꿈틀거리며 이리저리 돌아다니는 파충류인지라, 바보라도 모두들 뱀을 천하게 여기고 미워하며 피할 줄 안다. 만일 뱀이 가까이 접근하면 너나없이 구역질을 하고 전율을 느낀다. 그것은 무엇 때문이냐? 사람의 타고난 성품이 그런 것이다.

명주 사람들이 처음에는 뱀을 먹는 못된 짓을 배척하였으니, 그때까지는 타고난 성품을 온전히 간직한 사람이 많았기 때문이다. 중간에 배척하는 사람이 적어지고 뱀을 먹는 사람이 많아지긴 하였으나, 그래도 간혹 타고난 성품을 온전히 간직하여 세속에 물들지 않은 자가 있었다. 그러나 결국 온 고을 사람들이 그 잘못을 알지 못하여 비난이 일체 끊기고 더러운 습속에 안주하게 되었으니, 이 지경에 이르면 인성人性이 모두 가려져 다시는 옳고 그름을 논할 수 없게 되는 것이다.

무슨 까닭으로 온 고을 사람들이 모두 천성을 잃고도 깨닫지 못하게 되었을까? 필시 처음 못된 짓을 시작하고 나쁜 길로 인도한 자가 있었을 것이다. 그 자는 나쁜 길로 인도하며 말했으리라.

"뱀도 물고기와 같은 종류야. 살은 통통하고 향긋하면서 맛이 있지. 사람 주변에 있어서 잡기도 쉬워. 그 모양을 잘 보면 꼭 가물치 같아. 그러니 이것저것 따질 것 없잖아!"

이 말에 몇몇 사람이 시험삼아 맛을 보고는 싫어할 게 없자, 점차 익숙해지고 혐오감도 없어지게 된 것이다. 이렇게 세월이 쌓여 점점 뱀을 먹는 게 풍속이 되고 뻔뻔해져서 부끄러움이 없어진 것이다. 이런 상황에서 그들이 뱀을 먹는 게 부끄러운 일이고 해독이 무섭다는 걸 어떻게 알았겠느냐? 전날 비난하던 자들도 따라하면서 말했으리라.

"저들도 사람인지라 입맛이 다 같을 텐데, 유독 뱀을 즐기는 건 무엇 때문일까? 필시 그 속에 극진한 맛이 있을 게야. 내가 전날 그들을 비난한 게 망령스런 짓은 아니었을까? 저들이 즐기는 것도 나름대로 소견이 있는 건 아닐까?"

이렇게 서로 물들어 가면서 그 잘못을 깨닫지 못했으니, 참으로 딱한 일이 아니겠느냐.

선비가 재물과 여색에 빠지는 것도 이와 마찬가지이다. 탐욕과 방탕이 천박한 일이고, 오욕과 패가망신이 두려운 일임을 누군들 모르겠느냐? 그러나 한번 겪어 보고는 끝내는 부끄러움을 망각해 버리니, 어찌 치를 떨고 냉소하는 말이 들리겠느냐? 너는 마땅히 그 조짐에서 막아야 할 것이며, 이를 소홀히 함이 없도록 해야 할 것이다.

세 아들의 등산

노魯나라에 세 아들을 둔 사람이 있었다. 첫째는 침착하고 성실하나 다리를 절었으며, 둘째는 호기심이 많고 건강했으며, 셋째는 경박하지만 매우 날래고 용맹하였다. 그래서 평소 일을 할 때면 셋째가 언제나 으뜸이었고, 둘째가 그 다음이었다. 첫째는 애써서 일을 해도 겨우 주어진 분량을 채울 정도였으나, 나태하지는 않았다.

어느 날은 둘째와 셋째가 태산泰山의 일관봉日觀峰에 누가 먼저 오르는지 겨루어 보기로 하였다. 그래서 둘이서 앞을 다투며 짚신을 수선하고 있는데, 첫째도 행장을 꾸리는 것이었다. 둘째와 셋째는 서로 돌아보고 비웃으며 말했다.

"형님, 태산의 봉우리는 구름 위로 높이 솟아 천하를 굽어보고 있어요. 다리 힘이 좋은 사람도 오르기 어렵거늘, 절뚝거리는 다리로 어찌 감히 넘볼 수 있단 말이오!"

첫째는 빙그레 웃으며 대답했다.

"너희들 뒤만 따라가도 다행이겠지."

그렇게 삼형제는 태산 아래에 이르렀다. 둘째와 셋째가 큰형에게 당부하며 말했다.

"우리는 가파른 절벽도 단숨에 오를 수 있으니, 형님이 먼저 올라가는 게 좋겠소."

"그러마."

날이 칠흑같이 어두워졌을 무렵, 셋째는 그때까지도 산밑에 있었고, 둘째는 산중턱까지 올라갔다. 첫째는 천천히 쉬지 않고 곧바로 산꼭대기에 올라 산장에서 유숙하고 새벽에 바다에서 떠오르는 해를 구경하였다.

세 아들이 집으로 돌아오자, 아버지가 무엇을 보았는지 물어보았다. 셋째가 먼저 말했다.

"제가 산기슭에 도착하였을 때 해가 아직도 많이 남아 있었습니다. 그래서 저의 날렵함만 믿고 주변의 계곡과 꼬불꼬불한 샛길을 이리저리 돌아다녔고, 기화요초를 모조리 모았습니다. 그렇게 한없이 서성이다 보니 어느새 날이 저물었습니다. 그래서 바위 밑에서 잠을 자는데, 구슬픈 바람 소리가 시끄럽게 들려오고 계곡의 물소리가 요란하였으며 여우와 멧돼지가 주위를 맴돌며 울어 댔습니다. 초조하고 두려워 힘을 내서 내달리려 했지만, 호랑이와 표범이 무서워 그만두었습니다."

다음에 둘째가 대답했다.

"저는 겹겹이 늘어선 봉우리와 깎아지른 절벽과 높다랗게 나를 듯이 내달린 산줄기와 비껴 지른 봉우리에 기울어진 산고개를 빠짐없이 구경하였습니다. 산봉우리는 갈수록 더 많아지고 더욱더 높아져 다리의 힘도 그에 따라 지쳐 버렸습니다. 그 바람에 겨우 산중턱에 이르렀는데도 날이 벌써 저물고 말았습니다. 그래서 저도 바위 밑에서 잠시 쉬고 있었는데, 구름과 안개가 자욱하여 지

척을 분간할 수 없었고, 옷과 신발이 축축하게 젖었습니다. 산마루로 오르자니 아직도 아득하고, 산 아래로 내려가자니 그 역시 멀어서, 거기서 주저앉고 올라가지 못했습니다."

마지막으로 첫째가 대답했다.

"저는 제 다리가 절뚝거리는 것을 고려하고 제 걸음이 느린 것을 염려하여, 곧장 한 길로 쉬지 않고 비틀거리며 올라갔습니다. 그러면서도 여전히 시간이 부족할까 걱정스러웠는데, 어느 겨를에 주위를 돌아다니고 멀리까지 구경할 수 있었겠습니까? 그래서 마음과 힘을 다해 조금씩 기어가며 쉴 새 없이 올라갔더니, 저를 따라갔던 하인이 '이제 정상입니다' 하였습니다. 하늘을 우러러보니 해가 손에 잡힐 듯이 가까웠고, 첩첩 봉우리들을 내려다보니 울울창창하여 그 끝이 어디인지 알 수가 없었습니다. 그리고 산들은 마치 흙무더기 같았고, 계곡들은 꼭 주름살 같았습니다. 해가 바다로 잠기자 하계下界가 칠흑같이 어두워졌는데, 주위를 바라보니 별빛이 반짝거려 손금도 환히 보였습니다. 너무나 즐거워 잠자리에 들어도 좀처럼 잠이 오질 않았습니다. 새벽닭이 한번 울자 동방이 밝아 오더니, 붉은 빛이 바다를 뒤덮었고, 금빛 파도가 하늘과 맞닿아, 마치 붉은 봉황과 금빛 뱀이 그 사이에서 요동치는 듯했습니다. 이윽고 수레바퀴 같은 붉은 태양이 둥글둥글 구르며 오를 듯이 내릴 듯이 하더니만 눈 깜짝할 사이에 창공으로 떠올랐는데, 정말 빼어난 절경이었습니다."

아들의 말을 다 듣고 아버지가 말하였다.

"참으로 이런 일이 있었다. 자로子路(공자의 제자)의 용맹으로도,

염구冉求(공자의 제자)의 재주로도, 끝내 공자孔子의 경지에 이르지 못하였으나, 증자曾子(공자의 제자)는 노둔함에도 마침내 그 경지에 이르렀느니라. 너희들은 이것을 명심해야 할 것이다."

아들아! 덕행과 학업을 닦는 순서와 공명功名을 성취하는 길은, 모두 낮은 데서 높은 곳으로 오르고 아래에서 위로 나아가는 것이다. 세상일에 그렇지 않은 게 없다. 그러니 힘을 믿고 자만하지 말고 힘을 게을리하여 자포자기하지 않는다면, 다리를 절면서도 스스로 노력한 사람처럼 목적한 바를 이룰 수 있을 것이다. 이 말을 소홀히 여기지 말거라.

세 마리의 꿩

꿩은 성질이 음란하고 싸움을 잘하는데, 수컷 한 마리가 암컷 여러 마리를 거느리고 산자락에서 먹이를 찾아다닌다. 봄이 여름으로 바뀌는 철에 울창한 숲속에서 암컷이 끼루룩끼루룩 울어 대면, 수컷은 그 소리 듣고 푸드득거리며 암컷 곁으로 날아온다. 그때는 사람이 가까이 다가가도 무서워하지 않는다. 그것은 다른 수컷이 암컷을 데리고 노는 것에 대한 분노 때문이다.

암수 교미가 왕성한 봄여름 즈음에 사냥꾼은 나뭇잎으로 위장하여 몸을 숨긴 다음, 수컷을 잡아서 미끼로 삼아 산기슭으로 가지고 들어간다. 그리고는 피리로 암컷 소리를 내면서 미끼를 움직여 암컷에게 구애하는 것처럼 한다. 그러면 수컷이 노기를 잔

뜩 띠고 갑자기 미끼 앞으로 달려든다. 사냥꾼은 그 순간 그물로 덮쳐서 꿩을 잡는다. 그렇게 하루에도 수십 마리를 잡는다.

내가 사냥꾼에게 물어 보았다.

"꿩은 욕심이 모두 같은가? 아니면 제각기 다른가?"

"헤아릴 수 없을 만큼 다양합니다만, 그래도 대충 세 부류가 있습니다. 나지막한 산기슭에 꿩이 수백 마리씩 무리 지어 있는데, 저는 날마다 그놈들을 잡습니다. 개중에는 처음 와서 한 번에 덮쳐서 잡는 놈도 있고, 두 번 와서 재차 덮쳐서야 잡는 놈이 있는가 하면, 처음에 한 번 덮쳐서 잡지 못하면 끝끝내 잡지 못하는 놈도 있습니다."

"그건 왜 그런가?"

"제가 위장하고 숲속에 숨어서 피리를 불며 미끼를 움직이면, 꿩이란 놈이 고개를 갸우뚱거리며 듣고 목을 길게 뽑아서 바라보다가 땅에 닿을 듯이 나는데, 쏜살같이 날아와 땅에 박힐 듯 내려와서는 저와 가까워져도 눈 하나 깜짝 않습니다. 이놈은 단번에 덮쳐서 잡을 수 있습니다. 이런 놈은 가장 심하게 미혹되어 화가 미칠 줄을 모르는 놈입니다.

어떤 놈은 피리를 한 번 불고 미끼를 한 번 움직이면 처음에는 못 들은 체하다가, 피리를 두 번 불고 미끼를 두 번 움직이면 그제야 마음이 조금 동하여 날개를 펴고 춤을 추듯 빙빙 돌다가 땅에서 여덟 자쯤 떨어져서 나는데, 두려운 기색으로 날아와 망설이듯 내려오나 끝내는 욕심에 미혹되어 가까이 다가옵니다. 이때 제가 한번 덮쳐 보지만 미리 방비하고 있기 때문에 곧바로 빠져

나가 날아가 버립니다. 저는 약이 올라 이튿날 그놈이 경계심을 늦출 때를 기다렸다가 위장을 더 잘하여 몸을 가리고 산기슭으로 나갑니다. 이때는 피리 불고 미끼 움직이는 것을 더욱 진짜처럼 하여 조금도 허점을 노출하지 않아야만 그놈을 겨우 잡을 수 있습니다. 이런 놈은 화가 도사리고 있는 줄을 알아서 다소 경계심이 있는 놈입니다.

마지막으로 발자국 소리만 듣고도 뒤돌아볼 겨를 없이 푸더덕 날아서 하늘 위로 올라갔다가 숲속으로 내려앉는 놈이 있는데, 이런 놈은 가장 잡기 어렵습니다. 제가 약이 올라 '이놈을 잡지 못하면 사냥질을 그만두겠다'고 다짐하며 날마다 숲속으로 가서 백방으로 엿보지만 이놈이 사람을 꺼리는 건 늘 마찬가지였습니다. 제가 말라죽은 나무처럼 숨을 죽이고 가진 기술을 다 발휘해야만 그놈은 가까이 다가옵니다. 그러나 욕심은 적고 경계심은 강한지라 마치 위에 덫이라도 있는 듯이 조심하며 잠깐 다가왔다가 곧바로 멀리 피합니다. 제가 기회를 틈타 번개처럼 재빨리 그물을 던져도 그놈은 그림자를 보고 미리 귀신같이 날쌔게 피합니다. 그때부터 이놈은 암컷 욕심이라고는 없는 듯이 무심하여 피리와 미끼로도 유혹할 수 없고 그물로도 덮칠 수 없습니다. 그러니 제가 어떻게 허점을 노려 기술을 발휘할 수 있겠습니까? 이런 놈은 꿩 중에서 가장 영리하여 화를 멀리하는 놈입니다."

내가 이 세 가지 사례를 살펴보건대, 방탕한 생활을 즐기는 세상 사람들을 경계시킬 만한 내용이었다.

어떤 이는 못된 친구들과 어울리고 절제 없이 여색에 빠지고 남의 충고를 무시하여, 엄한 아버지도 가르치지 못하고 좋은 친구도 말리지 못한다. 그래서 뻔뻔하게 나쁜 짓을 일삼으며 전혀 거리낌이 없다가 결국에는 죄를 짓게 되지만, 그러고도 끝내 잘못을 깨닫지 못한다. 이런 사람은 한 번에 덮쳐서 잡는 꿩과 같은 부류이다.

어떤 이는 처음에는 욕망에 미혹되었다가도 화가 미칠 게 두려워 감히 방종하지 못하고 한번 곤욕을 치르면 가슴이 쓰라리도록 후회하지만, 여전히 본마음을 잊지 못하여 못된 친구들이 서로 끌어당기며 유혹하고 요염한 여자들이 교태롭게 손짓하면, 어느새 부끄러움을 잊고 다시금 지난번의 잘못을 범하여 결국에는 화근에 말려든다. 이런 사람은 재차 덮쳐서 잡는 꿩과 같은 부류이다.

어떤 이는 타고난 성품이 올곧아 행실을 깨끗이 하고 여색을 멀리하여 방탕에 빠지는 걸 달갑게 여기지 않는다. 그러나 못된 친구들과 함께 어울리다 보면 동요되지 않더라도, 그들이 집요하게 유혹하여 자신들과 똑같이 만들고서야 그만둘 것이니, 이때 생각을 한번 경솔히 하면 자신도 모르게 빠져들어 행실이 난잡해질 수도 있다. 그렇게 되기 전에 잘못을 뉘우쳐서 못된 친구들과 관계를 끊고 유익한 친구와 사귀며, 옛날의 잘못을 생각하면서 부끄러워하고 날마다 새롭게 되고자 조심조심하면, 결국에는 훌륭한 선비가 되어 한 세대에 중망重望을 받게 된다. 이런 사람은 한 번에 덮쳐서 잡지 못하면 끝끝내 잡을 수 없는 꿩과 같은 부류이다.

나는 곰곰이 생각해 보았다. 내가 기구를 잘 사용하고 기발한 기술을 구사하여 뭇 수컷을 잡는 것은, 못된 친구들이 착한 사람을 유인하여 방탕하고 나쁜 곳으로 몰아넣는 것과 마찬가지이다.

아들아! 피리 소리와 미끼의 유혹에 걸려들지 않는 수꿩이 적듯이 아첨하고 유혹하는 말에 넘어가지 않는 사람은 드문 법이다. 아들아! 부모의 마음에 자식이 한 번에 덮쳐서 잡히는 부류가 되기를 바라겠느냐? 아니면 종신토록 잡히지 않는 부류가 되기를 바라겠느냐? 너는 그것을 잘 분별해야 할 것이다. 이 말을 소홀히 여기지 말거라.

시장의 오줌통

큰 시장의 후미진 곳에 관청에서 오줌통을 설치해 놓았다. 시장 사람들이 급할 때 이용하도록 배려한 것이었다. 그런데 선비가 궁색하게 그곳에 오줌을 누다가는 불결죄不潔罪로 처벌을 받는다. 시장 근처 어떤 양반집에 변변치 못한 아들이 있었는데, 몰래 그곳에 가서 오줌을 누곤 하였다. 그 아버지가 그것을 알고는 엄히 금했으나, 아들은 건성으로 듣고 날마다 그곳에 오줌을 누었다. 관리인이 그것을 제지하려 하였으나 그 아버지의 위세가 두려워 감히 말도 못 꺼냈다. 시장 사람들이 모두 비난하는데도 아들은 오히려 무슨 수라도 생긴 듯이 즐거워하였다. 그리고 조심스러워하며 그곳에 오줌을 누지 못하는 자라도 있으면, 아들은 도리어 그를 비웃으며 말했다.

"겁쟁이 같으니. 뭐가 무서워서 그래! 나는 날마다 오줌을 눠도 아무 탈이 없는데. 뭐가 그리 겁나!"

아버지가 아들의 방자한 행실에 대한 소문을 듣고 꾸짖었다.

"시장이란 많은 사람들이 모여들어 숱한 눈들이 보는 곳이다. 너는 양반집 자식으로 백주 대낮에 그곳에서 오줌을 누는 게 부끄럽지도 않느냐. 남에게 천대와 미움을 살 뿐만 아니라 화가 따를 수도 있거늘, 뭐가 그리 좋다고 그런 짓을 하느냐!"

"처음엔 저도 그곳에 오줌 누는 양반집 자식을 보면 얼굴에 침을 뱉으며 욕을 하였습니다. 그러다가 어느 날 오줌이 너무 마려워 하는 수 없이 그곳에 오줌을 누었습니다. 그랬더니 참 편하였습니다. 그 뒤로는 그곳에 오줌을 누지 않으면 마음이 편치 않았습니다. 그리고 처음 제가 그곳에 오줌을 누었을 때는 사람들이 모두 비웃더니만, 차차 비웃는 자가 줄어들었고 말리는 자도 없어졌습니다. 지금은 여럿이 곁에서 보고도 비난하는 사람이 없습니다. 그러니 제가 그곳에 오줌을 눈다 하여 체면이 깎이지 않습니다."

"쯧쯧, 너는 이미 사람들에게 버림을 받았느니라. 처음에 사람들이 모두 비웃었던 것은 네가 양반집 자식이라 행실을 고치기를 바랐던 게다. 중간에 비웃는 사람이 줄어들긴 하였으나, 그때까진 그래도 너를 양반집 자식으로 여긴 게다. 그런데 지금은 곁에서 보고도 나무라는 사람이 없으니, 그것은 너를 사람으로 보지 않기 때문이다. 생각해 보아라. 개나 돼지가 길바닥에 오줌 싸는 걸 보고 사람들이 비웃더냐? 잘못을 저질렀는데도 사람들이 비웃지 않는 건 너를 개돼지로 보기 때문이다. 너무도 슬프지 않느냐!"

"남들은 그르다 하지 않는데, 아버님만 그르다 하십니다. 소원한 사람은 객관적이라 보편타당하고 가까운 사람은 주관에 치우쳐 사사로운 정을 두는 법입니다. 어째서 남들은 아무도 그르다 하지 않는데, 아버님께서 도리어 저를 나무라신단 말입니까?"

"남들은 너와 관계가 멀기에 네 잘못을 보고도 너를 버리고 비웃지 않으며 끝내는 나무라지도 않는 것이다. 이 애비는 너와는 끊을래야 끊을 수 없는 사사로운 정이 있기 때문에 네 잘못을 보고는 마음이 괴롭고 골치가 아파도 행여나 뉘우치지 않을까 바라는 것이다. 한번 생각해 보아라. 부모 없는 사람은 꾸지람을 받을 곳도 없느니라. 내가 죽은 뒤에는 내 말뜻을 알게 될 게다."

그 말을 듣고 아들은 밖에 나가 사람들에게 떠들어 댔다.

"노인네가 잘 알지도 못하면서 나만 나무란단 말이야."

얼마 지나 아버지가 세상을 떠났다. 그 뒤 아들이 오줌 누던 곳에 가서 오줌을 누는데, 별안간 뒤통수에서 바람이 일더니 몽둥이가 날아왔다. 그래서 한동안 정신을 잃고 쓰러졌다가 깨어나서는 몽둥이를 날린 자에게 따졌다.

"어떤 죽일 놈이 감히 이런 당돌한 짓을 하느냐! 내가 여기에 오줌을 눈 지 십 년이 되도록 시장 사람들 누구도 뭐라 하지 못했다. 어떤 죽일 놈이 감히 이런 당돌한 짓을 하느냐!"

몽둥이 날린 자가 대꾸했다.

"시장 사람들 모두 분을 삭이고 있다가 이제야 분풀이를 하는 게다. 그래도 네놈이 주둥이를 놀릴 테냐!"

그리고는 꽁꽁 묶어서 시장 한복판에 데려다 놓으니 너도나도 기왓장과 돌을 던졌다. 그 집에서 들것에 실어 집으로 데려왔는데, 달포가 되도록 일어나지 못하였다. 그제야 아들은 아버지의 가르침을 떠올리고 슬피 울며 자책하였다.

"아버님 말씀이 꼭 맞았어. 웃음 속에 칼날이 숨겨져 있고, 질책 속에 사랑이 담겨 있었던 거야. 이제는 아버님의 말씀을 듣고자 한들 들을 길이 없구나."

울음을 참지 못하고 아버지 무덤 앞에서 머리를 조아리면서 이전의 행실을 고치겠노라 다짐하였다. 그리고는 마침내 착한 선비가 되었다 한다.

강희맹 姜希孟(1424~1483)은

조선의 문신으로, 자는 경순景醇, 호는 사숙재私淑齋·무위자無爲子·운송거사雲松居士, 본관은 진주晉州, 시호는 문량文良이다. 당대의 빼어난 문장가 가운데 한 사람으로, 농사에도 관심이 많아 『금양잡록衿陽雜錄』이라는 저술을 남겼다. 문집으로 『사숙재집』이 전하고 있다.

이 글은 하던 벼슬을 그만두고 더 공부하려는 아들 강귀손姜龜孫을 위해 지어 준 것으로, 작은 성취에 만족하지 말고 더욱더 공부하여 학문과 행실에서 더 크게 성취하기를 바라는 아버지의 간절한 마음을 담고 있다. 원래 제목은 「훈자오설訓子五說」이며, 다음과 같은 서문이 있다.

「훈자오설」은 무위자가 자기의 아들 귀손을 위해 지은 것이다. 어찌하여 그를 가르치려는가? 그에게 부족한 점이 있어서다. 어찌하여 제 자신을 헤아려 보지도 않고 함부로 이 이야기를 지었는가? 말은 속되지만 그 내용은 옛 성현의 가르침이어서다. 어째서 그 잘못을 바로 지적하지 않고 자신의 생각을 에둘러 드러내었는가? 부자간이라도 말은 오히려 완곡하여야 하기 때문이다.

귀아龜兒가 벼슬을 그만두고 다시 책을 잡으려 할 때, 혹자는 벼슬에서 물러나서는 안 된다 하고, 혹자는 학업은 마땅히 때맞추어 해야 한다고 하여, 의론이 분분해서 거취를 갈팡질팡하게 하였다. 이에 내가 대의大義로 깨우쳐 학업에 나아가게 하고, 그래도 미진한 듯하여 이 필담筆談을 보여주는 것이다. 또 덧붙여 권하기를, 날마다 이 글을 보면서 그 뜻을 깊이 캐어 보면 어떻게 거취해야 할지 분명해지고 덕을 진취시키는 일이 익숙해져서 조그만 도움은 될 것이다 하였다.

주자朱子가 맏아들에게 준 글에, "무릇 '학문에 대한 근면勤勉'과 '몸가짐에 대한 근신謹身', 이 두 가지를 실천하면 좋은 일이 무한히 있으리니, 내 비록 감히 말할 수는 없지만 너에게 참으로 이 두 가지를 원하노라. 만약 그렇지 아니하면 좋지 않은 일이 무한히 있으리니, 내 비록 말하고 싶지 않지만 너를 위하여 이 일을 참으로 걱정하노라. 네가 배우기를 좋아한다면 집에 있어도 독서하고 작문하고 이치를 연구할 수 있어서 슬하에서 멀리 떠날 필요가 없겠지만, 너는 이제껏 그렇게 해 오지 못했다. 지금 너를 보내는 것은 네가 집에서 세상일에 골몰하여 공부에 마음을 오로지 하지 못할까 염려스럽기 때문이다. 네가 거기에 도착하여 분연히 힘써 옛 버릇을 고치고 근면과 근신에 일로매진한다면 내가 너에 대해서 기대를 해 보겠지만, 그렇게 하지 아니하면 집에 있을 때와 똑같아서 다른 날 돌아와서도 예전의 그 인물에 불과하리니, 네가 무슨 면목으로 돌아와 부모와 친척, 향리의 친구들을 만나 보겠느냐. 너를 낳아 준 부모를 욕되게 하지 않는 것이 이번 발걸음에 달려 있느니라" 하였으니, 아! 옛 현철賢哲의 부자간의 권면과 간곡함을 충분히 상상해 볼 수 있겠다.

부모와 자식의 관계는 농부와 곡식의 그것과 같으니, 농부가 농사를 제대로 못 지으면 마침내는 굶주림의 우환을 당하게 되고, 부모가 자식농사를 제대로 못 지으면 마침내는 외롭고 위태롭게 되니, 땅에 거름을 주고 김매는 것과 자식을 가르쳐서 힘써 날갯짓하여 날아가게 하는 것을 어찌 조금이라도 방심하여 느슨히 하랴. 하물며 나는 늘그막에 여러 자식이 죽고 단 두 명만 남아 긴긴 여름낮과 겨울밤에 먼저 간 자식들 생각하느라 뭇사람들 속에서도 눈물이나 질질 흘리는 괴물怪物이 되고 말았으니, 너에게 바라는 내 마음이 어떠하겠느냐. 이것이 내가 이 「훈자오설」을 지은 까닭이니라. 무릇 아비 된 자가 내 심정을 이해하여 자식을 가르치고 자식 된 자가 내 마음을 불쌍히 여겨 어버이에게 효도한다면 아마도 나의 이 이야기가 헛된 말이 되지는 않으리라.

　무자년(1468) 6월 16일에 진산晉山의 후학 무위자 강경순姜景醇이 쓰노라.

강귀손은 훗날 우의정에까지 올랐다. 물론 벼슬로 학문과 행실을 단정할 수는 없겠으나, 어쨌든 아버지의 바람에서 크게 벗어나지는 않은 듯싶다. 다음은 귀손이 장가들 때 아버지 강희맹이 지어 준 시이다. 제목은 「아들 귀손이 회천에 장가드는데 시로써 회포를 풀어 내다(兒子龜孫娶于懷川詩以遣懷)」이다.

달리는 공 같은 세월이여 그 얼마나 빠른가	跳丸日月走何忙
학업은 때맞추어 마땅히 스스로 힘써야 한다	學業隨時當自强
네게 권하노니 푸른 귀밑 털 좋다고 자랑마라	勸汝莫誇靑鬢好
우연히 한번 언뜻 보면 된서리 벌써 무성하다	偶然一瞥已成霜

※원제 자식을 가르치는 다섯 가지 이야기(訓子五說) 원문보기 p198_9

어찌 그리 바삐 떠났더냐

문득 사랑 저버리고 어찌 그리 바삐 떠났더냐
오 년간의 네 짧은 생애 전광석화인 듯하구나
어머닌 손자를, 아내는 자식을 목놓아 부르는데
이 시간 아비는 온천지가 아득할 뿐이로구나

김종직 金宗直(1431~1492)은

조선 초기의 문신·학자로, 자는 계온季昷·효관孝盥, 호는 점필재佔畢齋, 본관은 선산善山, 시호는 문충文忠이다. 지방 사림士林의 주도로 성리학적 질서를 확립하려 했던 사림파의 비조鼻祖로 일컬어지고 있다. 문집으로 『점필재집』이 전하고 있다.

이 시는 점필재가 함양 군수로 재직할 때 잃은 다섯 살 난 아들 목아木兒를 애도하며 지은 것이다. 예로부터 자식 잃은 슬픔을 상명지통喪明之痛이라 하였다. 공자의 제자인 자하子夏가 아들을 잃은 뒤 그 슬픔으로 시력을 상실한 데서 온 말이다.

아버지라고 해서 어찌 방성대곡하고 싶지 않으랴마는, 아버지라서 차마 그럴 수는 없다. 대신 이 시詩로써 통곡하고 있으며, 이 시곡詩哭으로 그 슬픔을 천고에 전하였다.

※ 원제 목아를 애도하다(悼木兒) 원문보기 p204_10

너는 알리라, 내 마음을

지난해엔 네가 자식을 잃더니
올해엔 내가 너를 잃었구나
그러니 부자 사이의 정이야
네가 먼저 알았을 게다
너의 죽음엔 내가 곡을 한다만
나의 죽음엔 누가 곡을 해 주랴
너의 장례는 내가 치러 주지만
나의 장례는 누가 치러 주랴
백발의 늙은이가 통곡하니
청산도 찢어지려 하는구나

상진 尚震(1493~1564)은

조선의 명재상으로, 자는 기부起夫, 호는 송현松峴·향일당嚮日堂·범허재泛虛齋, 본관은 목천木川, 시호는 성안成安이다. 청렴하고 원만한 성격의 명재상으로 일컬어지고 있다. 일찍 부모를 여의어 큰 누님 밑에서 성장했다고 하며, 문집으로 『범허정집』이 전하고 있다. 생전에 권력을 쥔 일파와 어울린다 하여 사림士林의 비판을 받기도 하였으나, 한편으로는 사림의 등용에도 힘썼다고 한다.

이 글은 자식을 잃은 아버지의 애통한 마음을 담고 있다. 그는 "경솔함은 마땅히 중후함으로 고치고, 조급함은 마땅히 느긋함으로 고치고, 편벽됨은 마땅히 관대함으로 고치고, 경솔함은 마땅히 차분함으로 고치고, 난폭함은 마땅히 온화함으로 고치고, 거칠음은 마땅히 세밀함으로 고친다" 하는 「자경명自警銘」을 지어, 평소 자기 절제에 매우 유의했었다. 그러나 자식의 죽음 앞에서는 도저히 그 슬픔을 절제할 수 없었다. 그런 게 바로 아버지의 마음이 아니랴.

※ 원제 죽은 자식의 제문(祭亡子文) 원문보기 p205_11

아이를 키우는 방법

몽아蒙兒(퇴계의 손자인 이안도李安道의 아명)가 점점 성장하여 장대해져서 매양 아명兒名만 부를 수는 없겠기에, 이제 좋은 이름을 지어 주는 것이다. 자字도 마땅히 뒤따라 지어 주어야겠구나. 그리고 지금부터는 성인成人으로서의 책임 의식을 차츰차츰 가져야 하는데, 조금씩 바른 도리로 가르치고 있는지 모르겠구나.

자손이 잘 되기를 바라는 것은 사람의 지극한 소원이지만, 주위를 돌아보건대 대부분 애정만을 쏟고 엄한 가르침은 소홀히 하고 있더구나. 이는 잡초를 김매지 않으면서 곡식이 익기만을 바라는 것과 같으니, 이러고서야 자손이 어찌 제대로 될 리 있겠느냐? 저번에 보니 너는 아이에게 사랑을 쏟는 게 엄한 가르침보다 더하더구나. 그래서 내가 이런 말을 하는 게다.

이황 李滉(1501~1570)은

조선의 학자로, 자는 경호景浩, 호는 퇴계退溪 · 퇴도退陶 · 도수陶叟, 본관은 진보眞寶, 시호는 문순文純이다. 문집으로 『퇴계집』이 전하고 있다.

퇴계가 아들 준寯에게 부친 이 편지는, 자식을 바르게 키우는 방법에 대해 오늘의 우리에게 시사하는 바가 매우 크다. 자식을 키울 때 애정이 부족한 것도 문제이겠으나, 애정이 지나친 것도 큰 문제가 아닐 수 없다. 대부분 자식이 하나나 둘뿐인 요즘의 현실에서는 더욱 그러하다. 손자를 귀여워하면 할아버지 수염을 뽑는다 한다. 그러나 그것도 한두 번이지, 그것이 반복되고 나면 할아버지 수염이 남아나질 않는다. 어디 그뿐이랴. 그런 손자가 장차 커서 어떤 사람이 되겠는가. 어린 손자가 철모르고 하는 행동이라도 초기에 타이르지 않으면 그런 게 습관이 되고, 나중에는 다른 사람에게 폐를 끼쳐도 그게 잘못인 줄 모르게 된다.

퇴계는 자식을 사랑하되 바른 도리로 가르쳐서 비뚤어지지 않게 해야 한다고 했다. 한갓 사랑에만 그칠 뿐이라면 이는 작은 사랑에 불과할 것이며, 결국에는 오히려 자식을 그릇된 길로 인도하고 말 것이다. 퇴계라고 어찌 손자가 귀엽지 않았겠는가. 그러나 사랑에 눈이 멀어 손자가 그릇된 길을 가게 내버려둘 수 없었던 것이다.

퇴계는 손자뿐만 아니라 아들에게도 허송세월하지 않도록 끊임없이 독려하였다. 다음은 퇴계가 아들에게 보낸 편지의 한 구절이다.

"독서에 있어서 어찌 장소를 가리랴. 향리에 있든 서울에 있든 뜻을 세움이 어떠한가에 달려 있을 뿐이다. 모름지기 날마다 힘써 공부하여야지 하루라도 세월을 허송해서는 아니 될 것이다."

▨ 원제 아들 준에게(寄子寯) 원문보기 p205_12

우리 집의 가업

충효忠孝는 우리 집의 가업이니
자손들은 각각 삼갈지어다
재삼 이르노니 언행에서
효제孝悌는 타고나는 것이니라

김인후 金麟厚(1510~1560)는

조선의 학자로, 자는 후지厚之, 호는 하서河西·담재澹齋, 본관은 울산蔚山, 시호는 문정文正이다. 성균관에 있을 때 퇴계 이황과 교우가 깊었다 하며, 문묘文廟에 배향되어 있다. 인종仁宗의 세자 시절 스승으로, 인종 사후에는 일체 벼슬에 나가지 않고 향리에 머물렀다. 문집으로 『하서집』이 전하고 있다.

이 시는 충효와 효제는 대대의 가업이니 삼가 힘쓰고 잃어버리지 말라는 당부를 담고 있다. 요즘 사람들의 생각처럼 충효와 효제는 지나간 시대의 진부한 도덕에 불과한 게 아니다. 그것을 요즘의 시대에 적용하면, 충忠은 자기가 속한 사회를 위하는 것이고, 효孝는 인간관계의 가장 기본인 부모와 자식 간의 관계를 좋게 하는 것이고, 제悌는 주위 사람들에게 예의를 잃지 않는 것이라 할 수 있다.

그렇다면 이것을 실천하려면 어떻게 해야 하는 것일까? 그 대답으로 하서는 공부와 수양을 제시하였다.

> 뿌리와 가지 한 기운으로 통해 있음을 알아야 하나니
> 일찍이 가풍을 세우려고 그 얼마나 힘써 노력했던가
> 학문과 수양으로써 가풍을 이어 나가야 할 것이니
> 저 장인들도 오히려 대대로 가업을 잇고 있느니라
> 須識根枝一氣通, 幾曾勤苦樹家風.
> 進學修身爲可繼, 百工猶自世箕弓.
>
> —「자손을 가르치다(訓子孫)」

가풍은 하서도 말하듯이 하루아침에 세워지는 게 아니다. 오랜 전통을 통해서 이루어진다. 아버지는 바로 그 가풍의 계승자요, 자손에게 이어 줄 책임이 있는 자다. 이 시만으로 가풍 전수의 책임을 다했다고 말할 수는 없겠으나, 어쨌든 자손들은 이 시를 통해 두고두고 그 아버지의 말씀을 다시 한번 음미해 보리라.

※ 원제 자식을 경계하다(戒子) 원문보기 p205_13

기상氣像

선군先君(돌아가신 아버지)께서 말씀하셨다.

"무릇 사람 됨됨이는 중후하여야지 경솔해서는 안 된다. 종일 몸가짐을 삼가고 때가 된 뒤에야 말해야 하니, 이와 같아야 덕을 이룰 수 있다. 당唐나라 때 배행검裵行儉이 '왕발王勃 등은 비록 문장은 훌륭하지만 사람됨이 경박하니, 어찌 작록爵祿을 누릴 그릇이랴. 양형楊炯은 좀 차분하고 침착하니 틀림없이 벼슬에 나아갈 수 있을 것이다' 하였는데, 뒤에 과연 모두 그의 말처럼 되었다. 이 격언을 너는 의당 마음에 새겨서 잊지 말아야 할 것이다."

질욕窒慾[1]

선군께서는 성품이 담백하시고 늘 차분하셨다. 젊어서부터 평생 음란한 음악을 듣지 않으셨고 여색을 매우 멀리하셨으며 일찍이 음담패설을 입에 올리신 적이 없으셨다. 분수 외의 재물은 마치 흙덩이를 보듯이 하셨으며, 세상의 맛나고 화려한 것에 대해서는 욕심이 없으시어 좋아하시는 게 없으셨다. 일찍이 말씀하셨다.

"재물과 여색에 대한 욕심을 다스리지 못하면 끝내는 그른 사람이 되고 마니 너는 이를 깊이 경계하지 않으면 안 된다. 후한後

漢 사람 노식盧植은 마융馬融을 사사하였는데, 기생이 면전에서 노래하고 춤추어도 노식은 시강侍講으로 있는 여러 해 동안 일찍이 눈길 한번 준 적이 없었으니, 스승인 마융조차도 이 일로 그를 공경하였다. 너는 의당 이를 본보기로 삼아야 할 것이다."

사친事親[2]

선군께서는 스물세 살 되시던 경신년에 할아버님 상을 당하였는데, 순천順天에서 시묘살이를 하시며 지극히 슬퍼하고 그리워하셨다. 소상小祥 뒤 일 때문에 부득이 해남海南을 다녀가셨는데, 어머니와 같은 방에서 13일 동안 주무시면서도 예禮를 지켜 멀리하셨다. 이별에 임해 어머니께서 주루룩 눈물을 흘리시며, "비록 열흘 넘게 머물긴 하셨으나 따뜻한 말 한마디 나누지 못했으니 못내 서운합니다" 하고 말씀하셨다. 아버님 또한 애처로워하시며 떠나셨다. 여종 눌비訥非가 그때 방 안을 지키며 잤는데, 늙어서도 매번 그때 일을 말하며, "앞뒤로 보고 들었지만, 모두 우리 주인 어른만큼 공경할 만한 분은 없었지요" 하고 탄식을 그치지 않았다. 그 뒤 선형先兄(돌아가신 형님)께서 그 이야기를 듣고는 또한, "다른 사람은 미칠 수 없는 일이다" 하고 말씀하셨다.

예를 지키는 선군의 엄격함은 부부간에도 이같이 삼가셨으니, 다른 것은 알 만하다. 평소 어버이를 섬기실 때도 사랑과 공경이 넘쳐, 해남에서 맛있는 음식을 한 가지라도 얻으면, 그때마다 번번이 싸서 보낸 뒤에야 마음이 편해지셨다. 일찍이 말씀하셨다.

"부모님의 편지는 잘 모아 두고 잃어버리지 않는 게 자식 된 도리이다.”

제가齊家3)

선군 부부는 서로 손님처럼 공경하셨지만, 사랑하는 마음은 처음부터 끝까지 한 날 같으셨다. 무릇 35년 동안 첩에게 총애를 나눠주는 걸 한번도 본적이 없었으니, 대개 다정하면서도 분별이 있어야 한다는 옛사람의 뜻에 부합한다.

오직 하나뿐인 아우(이름은 계근桂近)와는 서로 사랑하며 옛날 강굉姜肱이 아우들과 한 이불을 덮고 잔 것처럼 하셨고,4) 올벼가 나는 논을 모두 주셨다. 두 누이는 할머니께서 매우 사랑하셨으므로, 재물을 나눌 때 좋은 전답과 노비는 모두 양보하셨다. 스스로는 거친 전답과 어리석은 노비를 가지시고는 문서에 직접 써서 확실하게 하려 하셨다. 여러 자식들은 치우침 없이 고르게 사랑하셨으니, 시구지인鳲鳩之仁(부모의 치우치지 않은 사랑을 말함)이 있으셨고, 아들딸을 가르치실 때는 반드시 예로써 하셨다.

노비들의 경우에도 아끼는 자라 할지라도 단점을 알고 계셨고, 미워하는 자라 할지라도 장점을 알고 계셨으니, 자상하고 애처로워하는 마음을 깊이 지니셨다. 그래서 돌아가신 날 노비들이 어른 아이 할 것 없이 실성통곡하며 제 부모가 죽은 듯이 하였다. 밖으로는 문하에 출입하던 마을의 백성들까지 모두 한숨 쉬고 크게 탄식하며, “덕 있는 분이 돌아가셨다” 하였다.

선군께서는 세 아들 가운데 나를 기특히 여기시며 사랑해 주시어 매번 친히 업고 걸으셨다. 일찍이 말씀하시기를, “우리 집안을 이룰 사람은 이 아이다” 하셨다. 그리고는 경계하는 말씀도 아울러 하셨다.

“한 집안에서는 마땅히 마음을 공평하게 써야 한다. 만약 한 번이라도 치우치면 일이 순조롭지 못하고 윤리가 밝아지지 않을 게다.”

수신守身[5]

선군께서는 서른 살 때부터 그윽하고 바른 생활을 즐기시어 문을 닫은 채 밖으로 나가지 않으셨다. 손님이 올 경우에만 접대할 뿐이었다. 대개 세상의 경박한 풍조를 싫어하셔서 남에게 절개를 굽히지 않으려 하신 것이다. 조문弔問을 가거나 재난을 구제하는 일같이 아주 부득이한 경우가 아니면 한 해를 마치도록 한번도 문을 나가지 않으셨다. 한 태수는, “옛사람이 큰 은자는 성시城市에 은거한다 하였는데, 바로 이런 사람을 두고 한 말이다” 하고 말한 바 있다. 일찍이 자식을 경계하며 말씀하셨다.

“어깨를 옹송그리거나 아첨하는 웃음을 짓는 것은 여름에 밭두둑에서 일하는 것보다 괴롭다. 노닐고 거처하는 데 일정한 법도가 있으면 반드시 덕이 있는 데로 나아간다. 네가 다른 날 벼슬에 나가더라도 마땅히 바름을 지키는 데 편안해야지, 남에게 절개를 굽혀서는 안 된다.”

처사處事[6]

선군께서는 일을 처리하실 때마다 이해利害를 따지지 않고 순리인지 아닌지만 보셨다. 만약 순리가 아니면, "이 일은 순리가 아니니 어찌 할 수 있으랴" 하고 말씀하셨다. 또 일찍이 자식을 경계하며 말씀하셨다.

"무릇 사군자士君子는 일을 처리할 때 마땅히 순리대로 해야지 이해를 가지고 나아가거나 회피해서는 안 된다."

또 말씀하셨다.

"세상 사람들은 부처에게 아첨하여 복과 이익을 구하고, 세상에 아부하여 작록爵祿을 확고하게 하니, 대부분 호연지기를 알지 못하는 것이다. 옛날 부혁傅奕은 일찍이 불교를 배척하였는데, 호승胡僧이 주문으로 사람을 죽게 하여도 부혁의 마음이 흔들리지 않자, 호승은 스스로 목숨을 끊어 버렸다. 한유韓愈는 불교가 재물을 좀먹고 대중을 현혹시키는 게 미워 힘써 배척하였다. 장강張綱은 양기梁冀의 권세가 극에 달하자 혼자서 능히 수레를 땅에 묻으며 죄를 탄핵하였다. 대사헌 유운柳雲은 기묘사화 때 간하여도 듣지 않자 곧장 글을 올려서, '신의 머리를 베어서 간흉의 마음을 통쾌하게 하소서' 하였다. 이런 사람들은 진실로 대장부라 할 만하다."

지인知人[7]

선군께서는 그윽하고 조용하게 거처하신 지 오래되어, 묵묵히 사물의 이치를 살펴서 깨달은 바가 많으셨다. 사람을 알아보는 안목은 세상 사람들보다 매우 뛰어나, 외모를 후한 체하고 본심은 깊이 감추는 자도, 양의 자질에 호랑이 가죽을 덮어쓴 자도 피해 가지 못하였다. 일찍이 자식들에게 훈계하셨다.

"이런 게 사람을 살피는 방법이다. 편벽되거나 곁에서 아첨하는 자, 나아가는 게 날쌔고 면전에서 칭송하는 자는 삿되다. 질박하고 곧으며 순박하고 진실한 자, 언제나 변하지 않고 신의가 있는 자는 바르다. 너는 마땅히 기억해 두었다가 살펴야 할 것이다."

접물接物[8]

선군께서는 사람을 대하실 때 늘 자상하시고, 또 정성껏 대하셨다. 그러나 결단을 내려야 할 경우에는 그 용단을 빼앗을 수 없었다. 일찍이 자식들에게 훈계하며 말씀하셨다.

"사람은 사랑하고 아끼지 않으면 안 되지만, 그렇다고 구차하게 영합해서도 안 된다. 양주楊朱의 위아설爲我說은 진실로 잘못이고, 묵적墨翟의 겸애설兼愛說 또한 전도된 것이다. 무릇 교제에서 중요한 것은 사람을 택하는 것이고, 가르침에서 소중한 것은 정성껏 가르치는 것이다. 교제할 만한 사람이 아닌데도 그런 사람을 좋아하여 사귄다면 이는 아첨하는 것이고, 성의 없이 가르친다면 이는 오히려 무익하고 유해할 뿐이다. 너는 마땅히 이것을 기억해 두었다가 사람을 접대할 때 살피는 게 좋겠다."

계사회천戒仕誨遷[9]

선군께서 말씀하셨다.

"벼슬살이의 어려움은 산보다 어렵고 물보다 험하다. 사람이 작록을 사양하고 스스로 은거하지 못하는 것은, 다만 열 이랑의 좋은 밭이 없기 때문이다. 진실로 먹고 마실 만한 전원이 있는데도, 도도한 벼슬의 바다에 나아가기만 하고 멈출 줄 모르다가는 마침내 풍파를 맞게 되리니, 이게 대체 무슨 마음이냐.”

그리고는 자식을 경계하셨다.

“네 운명은 『범위수範圍數』 하반下半에 ‘정지구오井之九五’라 하였다. 그것을 설명한 말에, ‘한번 고개 숙이고 한번 하늘 우러르니, 초수楚水와 회산淮山에 한이 더욱 길구나’ 하였으니, 이는 곧 멀리 귀양 갈 조짐이다. 벼슬은 정상까지 올라가면 안 되고, 중도에 몸을 거두어 전원으로 돌아와야 한다.”

또 말씀하셨다.

“순욱荀彧은 영천潁川이 반드시 전란에 휩싸일 것을 알고는 먼저 가속家屬들을 데리고 기주冀州로 갔다. 고향 사람들 가운데 그 땅에 안주하여 옮기지 않은 자는 대부분 해를 입었다. 해남은 곧 바다 도적이 처음 거쳐 가는 땅이니, 네가 만약 집안을 이루어 세우면 마땅히 내륙으로 거처를 옮겨 근심을 멀리하는 게 좋겠다.”

문학文學

선군께서는 총명이 남보다 뛰어나시고 문리文理가 빼어나셨다. 젊은 시절 과거시험장에서 응시자들이 지은 것을 보는 대로 줄줄 외우셨고, 수십 년이 지난 뒤에도 여전히 기억하셨다. 여러 서적도 한번 외우시면 종신토록 잊지 않으셨다. 그래서 책을 간간이 읽기는 하셨으나, 읽기 어려운 고문古文도 파죽의 기세로 읽으셨다. 일찍이 스스로 말씀하시기를, “나는 책을 볼 때는 시를 잘 모르는 단점이 있고, 문장을 지을 때는 논의를 잘 세우는 장점이 있다” 하셨다. 사서四書와 『시경』과 『서경』과 『예기』와 『소미통감』은 정밀하고 익숙하게 연구하여 외우지 못하는 행이 없으셨다. 중국의 산천山川 · 도리道里나 역대의 치란治亂 · 흥망興亡도 손바닥을 가리키는 듯이 환히 아셨다. 매번 옛날 역사책을 보실 때는, 충성스럽고 선량한 신하에게는 감동을 받으시고, 간사하고 아첨하는 자들은 성내며 미워하셨다. 문자를 가려서 쓸 때도 모두 삿된 것은 물리치고 바른 것을 사용하는 데 힘쓰셨다.

『대학연의大學衍義』에 대해 이르시기를, “나라를 다스리는 표본이요, 배우는 자의 지극한 보배이니, 구준丘濬의 『대학연의보大學衍義補』보다 훨씬 낫다” 하셨다. 일찍이 『강목綱目』을 읽으시다가 윤씨尹氏가 밝힌 견해를 보시고는 저절로 손장단 발장단을 맞추며 기뻐하셨다. 그래서 직접 더욱 정확한 것을 초록하셨다. 한유韓愈와 유종원柳宗元과 소식蘇軾의 문장 가운데 웅위하면서도 명쾌한 것은 모두 취하셨다. 『문장궤범文章軌範』과 『고문진보古文眞寶』와 『동래박의東萊博議』와 『전등신화剪燈新話』도 맥락을 깊이 연구하지 않은 게 없으셨다. 제갈량諸葛亮의 「출사표出師表」와, 호전胡銓의 「상고종봉사上高宗封事」와, 장뢰張耒의 「약계藥戒」와, 김일손金馹孫의 「중흥대책中興對策」은 매번 읊조리며 완미하셨다.

마을의 자제들이 따르며 수업하니, 십수 년간 이끌어 가르치고도 전혀 게을리 하지 않으셨다. 아동에게 글을 가르칠 때는 반드시 먼저 강령綱領을 깨우쳐 주시고 문맥과 이치를 펼치셨다. 그래서 선형도 어려서부터 문의文義에 밝으셨고, 글도 잘 지으셨다.

나는 아홉 살 때부터 『통감절요通鑑節要』를 배웠고, 11살이 되어서야 비로소 문장의 기세와 말의 맥락을 알았는데, 여러 책을 두루 보았지만 막히는 경우는 거의 없었다. 재주가 뛰어나서 그런 게 아니라, 가르쳐 이끌어 주신 덕분에 그렇게 된 것이다. 또 일찍이 부사 이나李那가 지은 「훈자시訓子詩」를 손수 써서 내게 주셨으니, 가르쳐 길을 열어 주신 게 지극하였다.

유희춘柳希春(1513~1577)은

조선의 문신·학자로, 자는 인중仁仲, 호는 미암眉巖·연계漣溪, 본관은 선산善山, 시호는 문절文節이다. 조선시대 개인의 일기 가운데 가장 방대한 『미암일기眉巖日記』를 지었다. 1538년(중종 33)에 문과에 급제하여 수찬·정언 등 여러 관직을 거쳤으나, 을사사화의 여파로 무려 19년간 함경도 종성에서 유배 생활을 하였다. 문집으로 『미암집』이 전하고 있다.

미암은 아버지 유계린柳桂麟이 죽은 뒤, 그 가르침을 잊지 않기 위해 아버지의 훈계를 「정훈庭訓」으로 정리하여 기록해 두었는데, 이 글은 그 가운데 「십훈十訓」이다. 서문에서 이렇게 적고 있다.

"증이조 참판 선군 성은공城隱公은 언행과 문장이 순수하고 결점이 없으셨다. 그러나 나는 일찍 아버지를 여의어 가르침을 받지 못한 채 아버지를 잃은 아픔을 안고 살아 왔다. 또한 불초하여 어버이를 세상에 드러내지도 못하였다. 지금 기록해 두지 않으면 없어져 버릴까 염려되어, 삼가 피눈물을 흘리며 집안에서의 독실한 행실 열 조목을 기록한다. 날마다 경계하고 반성하여 집안의 가훈으로 삼노라."

1)질욕窒慾은 '욕심을 막는다' 는 뜻.
2)사친事親은 '어버이를 섬긴다' 는 뜻.
3)제가齊家는 '집안을 다스린다' 는 뜻.
4)한나라 때 강굉姜肱은 두 아우와 우애가 지극하였는데, 그들은 늘 한 이불을 덮고 함께 잠을 잤으며, 각자 장가들어 아내를 맞은 뒤에도, 서로 그리워하여 따로 자지 못할 정도였다 함.
5)수신守身은 '제 몸을 지킨다' 는 뜻.
6)처사處事는 '일을 처리한다' 는 뜻.
7)지인知人은 '사람을 알아본다' 는 뜻.
8)접물接物은 '사람을 응대한다' 는 뜻.
9)계사회천戒仕誨遷은 '벼슬살이를 경계하고, 거처를 옮기라는 가르침' 을 뜻함.

※ 원제 열 가지 가르침(十訓) 원문보기 p205_14

# 아버지의 가르침

배울 때는 부지런해야 하고, 또한 모름지기 외워야 하며, 대충 그냥 지나가서는 안 된다. 읽으면서 생각하고 생각하면서 글을 짓되 모두 힘써 해야 하며, 또한 이 가운데 하나라도 빠뜨려서는 안 된다.

나는 너희들이 배움에 힘쓰기를 원하지만 어찌 벼슬을 염두에 둔 것이랴. 어버이에게 효도하고 형제간에 우애하여 선조를 욕되지 않게 하는 것을 바랄 뿐이다.

이 세상에 살면서 행동이 너무 남들과 달라서는 안 되니, 다만 마음에 부끄러움이 없을 뿐이면 괜찮으니라. 요컨대 태곳적의 순수한 마음을 품고 자연스럽게 몸가짐을 갖는 게 대단히 좋으니라.

나는 너희들이 연못에서 낚시로 고기를 잡고, 덤불 숲에서 땔나무를 하고, 황무지를 개간하여 어버이를 섬기기를 바란다. 남의 이러쿵저러쿵하는 말에 무얼 속상해 하겠느냐.

나는 어릴 때 집이 가난하여 어머니께서 우리 형제를 기르시느라 고생하셨느니라. 그래서 매양 생각하기를 입신양명하여 그 끝없는 은혜에 보답하기를 바랐노라. 이 뜻이 아직 이루어지지 않았거늘 어머니께서 먼저 세상을 버리셨으니 이것이 나의 영원한 아픔이니라. 너희들은 오늘날 배불리 먹고 따뜻한 옷을 입고서 살아가거늘 어찌하여 배움에 힘쓰지 않느냐. 나는 동생 자경子敬[1]과 우애가 가장 깊었다. 늘 함께 이불에 누워서 우리 형제는 마땅히 세상의 한 모퉁이를 책임져야 한다고 하였노라.

늘 천문도를 본떠 그리고, 또 『자치통감資治通鑑』을 직접 손으로 베껴 쓰고자 하였으며, 기예에 두루 통달하기를 기약하면서도 한 가지라도 제대로 터득함이 있기를 바랐노라.

우리들은 마땅히 궁핍한 자들을 구휼해야 하며, 만약에 그렇게 할 수 없더라도 남의 구휼을 받지는 않겠다 하였다. 그런데 불행히도 자경은 견책을 받아 유배되었고, 나도 영락하여 한번도 그 뜻을 이루지 못했으니, 한탄을 금할 수 없노라. 너희들은 우리들의 이 마음을 응당 이해하고 있어야 할 것이다.

지금 세상에서는 학문을 강구하지 아니하여 한때 서로 사이좋게 지내다가도 뒤에 도리어 돌을 떨어뜨려 매장시키는데, 이런 말을 하니 내 마음이 서늘해지노라. 모름지기 망령되이 교제하지 말며, 요컨대 친구가 비록 없어서도 안 되지만 또한 교제를 삼가지 않아서도 안 되느니라.

벼슬길의 풍파는 참으로 두렵고 두려운 것이니, 뜻한 바를 아직 행하지도 못했거늘 재앙이 벌써 뒤따르고 있느니라. 신중히 헤아려서 오가면 괜찮겠지만, 이 또한 베개를 높이 베고 편안히 눕는 것만 못하니라.

주자朱子는 조정에서 벼슬한 게 겨우 40여 일에 불과하니 배우는 자들은 이 사실을 모름지기 알고 있어야 할 것이다. 참으로 백성을 위한 자기 뜻을 펴 보고자 한다면 지방의 한 작은 고을로도 충분할 것이다.

기대승 奇大升(1527~1572)은

조선의 학자로, 자는 명언明彦, 호는 고봉高峯 · 존재存齋, 본관은 행주幸州, 시호는 문헌文憲이다. 특히 성리학에 조예가 깊었으니, 퇴계와 주고받은 사단칠정四端七情 논쟁은 우리 철학사의 한 페이지를 찬란하게 장식하고 있다. 문집으로 『고봉집』이 전하고 있다.

이 글은 중종 36년(1541) 그가 15세 되던 해에 아버지 기진奇進이 평소 가르쳐 준 말을 정리한 것으로, 아래의 서문도 함께 실려 있다.

"나는 어릴 적부터 아버지의 가르침을 받들어 오늘에 이르렀으니 성취가 있을 법도 하건만 타고난 바탕이 보잘것없어서 어리석음이 처음과 다름이 없으니, 생각해 봄에 몹시 슬프다. 지나간 것은 어쩔 수 없지만 장래에는 힘쓰지 않아서야 되겠는가. 내 일찍이 들으니 소씨邵氏에게는 보고 들은 것을 기록한 게 있다 하니[2] 배우는 자는 모름지기 그에 대한 기록을 해 두어 잊지 않도록 대비해야 할 것이다. 이에 아버지께 들은 바를 기록하여 아침저녁으로 음미해 보고자 한다."

　기진은 아들 기대승의 장래 안위와 관련하여 특히 벼슬길의 풍파를 조심하라 강조했는데, 아마도 동생 기준奇遵이 기묘사화己卯士禍 때 화를 입었기 때문일 것이다.

1)자경子敬은 기준奇遵(1492~1521)의 자. 호는 복재服齋 · 덕양德陽, 본관은 행주幸州, 시호는 문민文愍. 1519년 기묘사화에 연루되어 아산牙山으로 유배되었다가, 이듬해 함경도 온성穩城으로 옮겨졌으며 이곳에서 사사되었음.

2)송나라 때 소옹邵雍의 아들인 소백온邵伯溫의 『문견전록聞見前錄』과, 소백온의 아들인 소박邵博의 『문견후록聞見後錄』을 가리킴.

※ 원제 아버지의 가르침에 대한 기록(過庭記訓) 원문보기 p209_15

바깥일에 마음 쓰지 말라

요즈음 책을 누구와 함께 보고 있느냐? 산중의 해가 많이 길어 졌으니 책상 앞에 앉아서 성인의 경전을 읽고 그 의미를 곰곰이 음미해 보는 데 더욱 힘써야 할 것이다. 그렇게만 한다면 과거 공부는 절로 그 안에서 해결되지 않겠느냐. 주문공朱文公(주희朱熹)의 독서법에 이런 게 있다.

"자신의 역량을 헤아려 적절한 과정課程을 설정하고 이를 삼가 지켜야 할 것이다. 글자마다 그 뜻을 찾고 구절마다 그 의미를 파악하며, 앞의 것을 아직 알지 못했으면 그 뒤의 것을 알려 하지 말고, 이것에 아직 통하지 못했으면 저것에 뜻을 두지 말아서, 이처럼 순서를 따라 차츰차츰 나아가며 익숙히 읽고 정밀히 생각한다면 의리義理에 밝아질 것이며, 순서를 밟아 가지 않는 엽등獵等의 폐단이 없을 것이다."

"『논어』는 그 한 장이 몇 구에 불과해서 외우기가 쉬운데, 외운 뒤로는 한가할 때나 혹은 정신을 집중해서 공부할 때 반복적으로 그 뜻을 음미해 보는 게 좋다."

"책을 볼 때는 먼저 충분히 읽어서 책의 말이 마치 내 입에서 나오는 듯하고, 이를 이어서 정밀히 생각하여 그 의미가 모두 내 마음에서 나온 듯하여야 하니, 그런 뒤에 그 책의 내용을 터득할 수 있다. 혹 글의 뜻에 의심이 있거나 중설이 분분한 곳은 마음을 비우고 세밀히 사려하여 그 의미를 따라가다 보면 마침내는 어지러운 실타래가 술술 풀리는 듯하여 통달하지 않음이 없을 것이다."

이는 모두 주문공이 배우는 자들을 깨우친 것으로, 너는 모름지기 벽에 걸어 두고 밤낮으로 상세히 음미하여 이 가르침을 믿고 따른다면, 어느 날 언젠가는 흉중이 활연히 탁 트이며 이치를 꿰뚫을 것이고, 시험삼아 이를 글로 써 보면 마치 물이 세차게 흐르는 듯할 것이니, 단정히 앉아서 종일토록 책읽기를 노소자老蘇子(북송北宋 문인 소순蘇洵)같이 하지 않아서야 되겠느냐.

마음을 바깥으로 치달리게 하여 정신과 세월을 허비함이 없기를 바란다. 다시 예전으로 돌아가서야 되겠느냐. 삼가고 삼가서 밝게 네 몸을 살피기를 바란다.

권호문 權好文(1532~1587)은

조선의 학자로, 자는 장중章仲, 호는 송암松巖·청성산인靑城山人, 본관은 안동安東이다. 퇴계의 문인으로 진사까지는 했지만 이후로는 평생 처사로 일관하며 학문에 종사하였다. 문집으로 『송암집』이 전하고 있다.

이 글은 산중에서 공부하고 있는 아들 권행가權行可에게 보낸 것으로, 마음을 다잡고서 공부를 하되 서두르지 말고 점진적으로 해 나갈 것을 간곡히 권하고 있다. 자고로 학문은 차츰차츰 나아가야 지극한 데 이를 수 있다 하였는데, 어찌 그렇지 않으랴.

이 편지글이 자식에 대한 책선責善과 경계의 글이라면, 다음의 시는 부자유친父子有親의 정감을 느끼게 해 준다. 제목은 「장난삼아 행가에게 보이다(戲示行可)」이다.

삼십 년 전은 장성한 때였는지라	三十年前是壯年
묏봉 올랐을 때 장한 기운 하늘 가로질렀다	絕巘登眺氣橫天
지금은 문 닫고 열흘 지나도록 앉아 있나니	如今閉戶經旬坐
근력이 그 당시보다 크게 그만 못하구나	筋力當時大未然

※ 원제 아들 행가에게 보내는 편지(寄行可書) 원문보기 p210_16

부모를 욕되게 하지 말라

나는 태어날 때부터 몸이 허약하여 평생 병을 달고 다녔다. 이 까닭에 학문에 매진할 수 없어서 부모님께서 주신 이 몸을 욕되게 하였는데, 죽음이 얼마 남지 않은 지금 이를 되돌아봄에 마음의 고통을 견딜 수 없어서 이에 내 소회를 써서 너희들에게 보인다.

문준文濬아, 너는 사람됨이 순후하고 과욕寡慾하며, 또 무엇이 의리義理인지를 알고 있다. 타고난 천성도 훌륭하다. 그러나 이 아비처럼 몸이 허약하여 학문에 매진할 수 없으니, 의서醫書를 보면서 건강을 돌보아 부모에게 걱정을 끼치지 않도록 해야 할 것이다.

너는 또 세상 물정에 어두우니, 이 까닭으로 가난하게 되어 날마다 배고픔과 추위에 시달려 집안을 제대로 유지하지 못할까 봐 심히 우려되는구나. 지금 큰 난리로 사족士族마저 떠도는 형편이니 너는 마땅히 노복들을 은혜로 어루만져서 그들과 함께 농사 짓는 데 만전을 기해야 할 것이다.

이 밖에 자식들을 교육시켜 밤낮으로 힘쓰게 해서 집안 대대의 가학家學을 끊어지지 않게 한다면, 이 아비는 죽더라도 구천에서 편안히 눈감을 수 있을 것이다.

세 손자들은 연부역강年富力强(살 날이 많고 기력이 왕성함)하여 앞으로 성취를 바라볼 수 있으니, 너희들은 모든 힘을 다해서 자신을 위한 공부에 매진하여야 할 것이다.

한룡漢龍이는 아직 어려서 그런지는 몰라도 잡다한 물건들을 쌓아 두기를 좋아하는데, 집안 사람들이 너를 희롱하여 욕심이 많다고 하는구나. 어찌 너를 욕심쟁이라고 할 수 있겠냐마는, 네가 자라서 지금의 일을 되돌아볼 때 어찌 부끄러운 마음이 들지 않겠느냐. 염치에 힘쓰고 의리義利를 변별하며 이로써 자신을 수양하여 네 부모를 욕되지 않게 해야 할 것이다.

을미년(1595) 2월 연안延安 땅 바다 모퉁이의 각산角山의 민사民舍에서 쓰다.

성혼成渾(1535~1598)은

　조선의 문신·학자로, 자는 호원浩原, 호는 우계牛溪·묵암默庵, 본관은 창녕昌寧, 시호는 문간文簡이다. 문집으로 『우계집』이 있다. 당대의 대표적 학자로서 훗날 율곡 이이와 함께 성균관 문묘에 배향되었다.

　이 글은 1595년(선조 28) 봄 61세 때 임진왜란 와중에 황해도 연안 땅 곡산에 우거하다가 아들에게 보낸 편지인데, 자신의 죽음이 얼마 남지 않았음을 직감하고 아들과 손자에게 유언 삼아 써 준 것이다.

　아들에 대한 늙은 아버지의 걱정이 적지 않다. 먼저 그 건강을 걱정하고, 세상 물정에 어두운 자식이 세상살이에서 낭패를 당할까 걱정하고, 가학家學에 대한 염려를 하고 있다. 이제 앞으로 살 날이 그리 많지 않다는 생각에 자꾸만 자식에게 마음이 쓰였던 게다.

※ 원제 아들 문준 및 세 손자에게 보이다(示子文濬及三孫兒) 원문보기 p210_17

공부의 목적

편지가 와서 잘 있다는 걸 알게 되니 마음에 위안이 되는구나. 아비는 이미 세 번이나 벼슬에서 물러나려는 상소를 올렸건만 물러나지 말라는 임금님의 말씀이 간절하셨고, 저번 저녁 경연經筵에서 또다시 사직을 청하였으나, 위로의 말씀으로 간절히 만류하셨다.

"경이 비록 물러나려 하지만, 내가 경의 사직을 허락할 리 있겠소? 그런 생각은 말고 나랏일에 더욱더 마음을 다해 주오."

그래서 아직은 맡은 직분을 수행하고 있단다. 숙헌叔獻(이이李珥의 자)은 벌써 왔고 우계牛溪(성혼成渾의 호)도 장차 온다고 하지만, 이후로 어떻게 마무리될지는 아직 알 수가 없구나.

너는 모름지기 조용한 곳에 거처하면서 번화하고 잡스런 일은 물리치고 한결같은 마음으로 공부에 마음을 오로지 해야 할 것이다. 그러나 과거시험이란 절대 큰 일이 아니니 급제하건 낙방하건 관계치 말아라. 이 아비는 본래 이것을 영화나 치욕으로 삼지 아니하였느니라.

정철鄭澈(1536~1593)은

조선의 문신·문인으로, 자는 계함季涵, 호는 송강松江, 본관은 연일延日, 시호는 문청文淸이다. 문학에서는 특히 「사미인곡」, 「속미인곡」, 「관동별곡」, 「성산별곡」 등 한글 가사로 우리 문학사에 큰 발자취를 남겼다. 문집으로 『송강집』이 전하고 있다.

이 편지는 맏아들 기명이 안부편지를 보내오자 그 답장으로 보낸 것이다. 자신의 근황을 말해 주고, 과거시험 공부하는 아들에게 시험의 당락은 작은 일에 불과할 뿐, 공부를 제 스스로 힘써 하느냐 못하느냐가 중요한 것이라고 일러 주고 있다.

※ 원제 기명에게 부침(寄起溟) 원문보기 p211_18

고향의 아들에게

〈1〉

봉사奉事(각 관아의 하급관리) 편에 너희들이 잘 지내고 있다는 소식을 듣고 매우 기뻤지만, 다른 인편에 듣자니 너희들에게 자못 남을 업신여기는 태도가 있고, 또 남의 허물 말하는 걸 즐긴다더구나. 사람이 배우는 것은 이러한 병통을 없애려는 것이거늘 지금 너희들이 과연 이와 같다면, 비록 만 권의 글을 배우고 문장이 양웅揚雄과 사마천司馬遷처럼 뛰어나 곧바로 과거에 급제한다고 한들, 그런 사람이 무슨 쓸모가 있겠느냐? 놀랍고 괴로워서 죽고만 싶구나.

한번이라도 남에게 실수하면 평생 다시는 남에게 인정받기 어렵다. 더구나 세도世道가 나날이 협착해지고 풍속이 나날이 각박하여져 삼가 묵묵히 도리를 지켜도 오히려 허물을 면하지 못할까 두렵거늘, 하물며 입을 놀려 함부로 말을 함에랴! 이후로도 너희들이 이 같은 습관을 없애지 못하여 혹시라도 이에 대해 말하는 자가 있다면, 맹세컨대 다시는 너희들을 보지 않으리라. 절대로 경계하고 삼가야 할 것이 오직 이것이니라.

〈2〉

편지를 보니 모두 잘 지내고 있고, 또 네가 부지런히 책을 읽는

다 하니, 이보다 더 큰 효도가 어디 있겠느냐? 이 소식에 이 애비는 기쁨을 금할 수 없었단다.

지금 네가 『논어』를 읽고 있다 하는데, 『논어』는 다 읽은 뒤 모름지기 첫 권부터 다시 날마다 한 권씩 공부해야 할 것이다. 처음부터 끝까지 확 통하여 막힘없는 것을 목표로 삼아 잠시라도 그치지 아니하면, 『논어』는 열대엿새도 안 되어 다시 한 번 다 읽어볼 수 있을 게다. 이러한 뒤에는 비록 다른 책을 배울지라도 날마다 한 번씩 『논어』를 읽을 수 있을 게다. 이와 같이 하여 중단하지 않고 몇 달만 공부하더라도 백 번에 이를 수 있을 것이니, 그 효과 또한 헤아릴 수 없이 크지 않겠느냐.

평생토록 이 책 하나만 외워도 선비의 관冠을 쓰고 행세하는 데 부끄러움이 없을 게다. 더구나 너의 총명으로 진실로 뜻을 독실하게 하여 힘써서 배운다면, 배움의 진보가 장차 끝이 없게 될 것이다.

재능과 학문이 이루어진 뒤에는 귀천貴賤과 궁달窮達(막힘과 통함)을 천명에 맡길 일이니, 어찌 그것에 마음을 쓰랴. 늙은 부모와 함께 바닷가에서 밭 갈고 선왕先王의 풍화風化를 읊조리면서 평생을 보내더라도 만족스러울 게다. 네 아비의 소망은 여기에 있으니 이를 잘 알아주기 바란다.

장지壯紙가 어지러운 책더미 속에 있을 터이니 뒷날 찾아서 보내도록 하여라.

많은 서책을 높은 시렁 위에만 두고 읽지 않는다면 이것으로 창호나 벽을 바르는 것만 못할 것이다. 지금 이후로는 잡다한 인사事를 끊어 버리고, 옛사람 가운데 부지런히 공부하여 성취한 사람을 목표로 삼는 게 옳고 옳을 것이다. 나머지는 일일이 다 적지 않는다.

조선의 시인으로, 자는 창경彰卿, 호는 옥봉玉峯, 본관은 해미海美이다. 전남 장흥 출신이다. 28세에 진사시에 합격하였으나 과거 공부를 그만두고 시작에 전념하였다. 최경창崔慶昌·이달李達과 함께 삼당시인三唐詩人으로 불리며 시명을 떨쳤다. 24세에 영암으로 이사하였는데, 그의 「연보」에는 "집이 가난하여 영암 땅에서 데릴사위로 지냈다"고 하였다. 41세에 선릉 참봉을 시작으로 미관말직을 전전하다, 46세 되던 선조 15년 소격서 참봉으로 있다가 서울에서 생을 마쳤다. 그는 한평생 빈한하게 살았다. 심지어 도토리를 주워 연명할 때도 있었다. 그럼에도 자식들이 부귀와 영달을 추구하기보다, 학업에 힘쓰고 사람의 도리를 지키며 살아가도록 가르쳤다. 그런 당부를 담은 편지가 그의 문집에 24편 실려 있다. 모두 벼슬살이하며 고향에 부친 것으로, 여기서는 두 편을 뽑았다.

첫 번째 편지는 두 아들이 남을 업신여기고 남의 허물을 입에 담기를 좋아한다는 말을 전해 듣고, 엄금하도록 명하고 있다. 맹자는 "남의 허물을 말하다가 그 후환을 어떻게 감당하려는가?" 하였다. 이런 말을 한 사람이 어디 비단 맹자뿐이었겠는가. 세상을 먼저 살아 온 아버지로서 이 두 가지 일이 얼마나 옳지 못하고, 또 얼마나 위험천만한지를 너무나도 잘 알기에 그냥 묵과할 수 없었던 것이다. 그러나 비록 겉으로는 준엄하기 짝이 없지만 안으로는 자식을 너무도 염려하는 부정父情을 이 편지는 실감하게 해 준다.

두 번째 편지는 아들 형남이 독서에 힘쓴다는 말을 전해 듣고 기쁨을 금하지 못하면서 부친 것이다. 부모를 가장 기쁘게 하는 것이 자식이 열심히 공부하는 것임은 예나 지금이나 다름이 없는 모양이다. 부모로서 자식에 대한 사사로운 욕심을 버리고 이 편지를 읽어 본다면, 이 글의 내용에 고개를 끄덕거리지 않을 자 몇일까 싶다.

▨ 원제 형남과 진남에게 부치다(寄亨南振南書), 형남에게 답하다(答亨南書)
　　원문보기 p211_19

동생을 생각하는 네 마음

집안이 흥하고 망하는 것은
자손의 현불초賢不肖에 달려 있나니
너의 선한 말 한마디에
감격의 눈물 주체할 수 없구나

천하 사람 모두가 동포이니
하물며 친동기 형제간에랴
어릴 땐 어미 젖 함께 먹었고
밥 먹을 땐 밥상을 함께하였다

양지良知와 양능良能이란
본디 자연스런 공경과 사랑인데
어찌하여 점점 자라나면서
타고난 양지와 양능 잃는가

분가하여 딴살림 차려서는
제 처자식만 눈앞에 가득하여
마침내 남과 나로 나뉘어져
한 울타리 안에서 서로 싸운다

조그만 이곳도 서로 다투니
누가 골육간 인연 생각하랴
형은 배부르나 동생은 풀칠하고
동생은 추워하나 형은 따뜻하다

형제 사이가 한참 멀어지고
서로의 빈부 차이가 현격한데
이런 자들 어찌 입에 담을 만하랴
우리 집에는 대대의 가훈이 있다

우리 집은 본디 한미하여
대대로 청빈만을 지켜 왔나니
두 대에 재산 나눈 문서 없었으니
어떤 형제가 재산을 다투었겠느냐

내가 못나서 늘 부끄럽더니
집안 명성 네가 다시 전하는구나
우애하는 너의 마음 확충한다면
어찌 지난 허물만 덮을 뿐이랴

요순이 비록 큰 성인이지만
효도와 공경으로 이를 수 있느니라
맹자께서 사단四端을 밝혀 놓으셨나니

확충하면 막 솟아나는 샘물 같으리라

네가 성인의 말씀 행하려 한다면

마음 저울로 네 마음 잘 헤아려 보아라

김성일金誠一(1538~1593)은

조선의 문신·학자로, 자는 사순士純, 호는 학봉鶴峯, 본관은 의성義城, 시호는 문충文忠이다. 퇴계 이황의 문인으로 퇴문삼걸退門三傑의 한 사람이다. 문집으로 『학봉집』이 전하고 있다.

학봉은 이 시를 지은 까닭을, "병술년(1586) 8월 13일에 여종 두 명을 큰아들에게 주었더니, 큰아들이 형제 가운데 어려운 이에게 나누어주기를 굳이 청하여, 취중에 붓을 가져 오라 하여 이를 기록하였다" 하였다. 부모 입장에서 보면 형제간이 이처럼 우애 있는 것보다 좋은 게 어디 있으랴. 오죽했으면 시에서 "감격의 눈물 주체할 수 없구나" 하였을까.

※ 원제 큰아들 집에게(與長兒潗) 원문보기 p213_20

공부하는 방법

너희들이 10여 년 동안 공부를 하지 못하고 우환으로 분주하다 보니 이미 많은 세월이 덧없이 흘렀는데, 이 또한 어찌할 수 없는 일이었으니 어찌하겠느냐. 너희 애비도 소싯적에 전혀 과거 공부를 하지 못하고 허송세월한 것이 꼭 너희들과 같았단다.

그러던 차에 경신년(1560) 겨울, 『맹자』를 가지고 관악산에 들어가 몇 달 동안 스무 번을 읽고서야 겨우 처음부터 끝까지 욀 수가 있었다. 산에서 내려와 서울로 들어오는 동안 말 위에서 다른 생각은 않고 『맹자』의 처음인 「양혜왕梁惠王」 장에서 끝인 「진심盡心」 장까지 모두 마음에 기억하였는데, 비록 정밀한 뜻을 깊이 알지는 못했으나 군데군데 더러 이해되는 곳이 있더구나. 그 이듬해에는 안동 하회河回에 와 있으면서 『춘추』를 삼십여 번 읽었는데 이때부터 문리가 나더니 요행으로 급제하게 되었다.

지금은 그때 좀더 공부를 하여 사서四書를 두루 백여 번 읽었더라면 하고 늘 한스러워한단다. 그렇게 하였더라면 성취한 바가 틀림없이 오늘날처럼 보잘것없지는 않았을 게다. 이런 까닭으로 늘 너희들에게 사서는 읽지 않을 수 없다고 말하는 것이다.

요즈음 서울의 젊은이들은 마치 시장의 장사치 같더구나. 당장에 합격할 수 있는 방법만을 찾아 성현의 글은 다락에 묶어 두고 날마다 영리하게 남의 비위나 맞추는 글짓기를 익혀서 시험관의 눈에 들게 함으로써 급제한 사람이 많다. 그러나 이는 약은 방법으로 벼슬하려는 사람들의 한 수단이지, 너희들같이 성품이 우둔하고 명예를 다투는 데 익숙하지 않은 이들은 쉽게 흉내 낼 게 못된다. 옛날 못 생긴 여자인 모모嫫母가 천하절색인 서시西施를 흉내 내다가 뭇 사람들의 웃음거리가 되었는데, 하물며 저들이 반드시 서시인 것도 아니고 너희들이 모모도 아니면서 무엇 때문에 욕되이 이런 짓을 하겠느냐? 대저 학문의 성취 여부는 나에게 달려 있고, 과거의 당락은 하늘에 달려 있으니, 오직 내가 마땅히 해야 할 일에만 힘쓰고 운명은 하늘에 맡길 뿐이다.

『통감通鑑』도 역사가들의 지침서이니, 어찌 읽지 않을 수야 있겠느냐? 그러니 『통감』을 읽는 게 잘못된 계획은 아니다. 그러나 너희들은 나이가 벌써 중년이 되어 할 일이 많은데도, 아직 사서와 『시경』, 『서경』이 모두 너희들의 것이 되지 못했다. 여기서 다시 몇 해를 더 보내면 장차 아무런 성취도 없이 궁핍한 집에서 슬피 탄식하는 한 사내의 신세를 면치 못할 것이니, 어찌 민망하지 않겠느냐? 게다가 경서는 내용과 의미가 정밀하고 오묘하여 반드시 온 힘을 다한 뒤에야 터득할 수 있고, 역사서는 경서에 비할게 못 되니, 경서를 읽는 틈틈이 한 번씩만 훑어보아도 관통할 수 있을 게다. 이렇게 하면 두 가지를 모두 터득할 수 있을 것이니, 유념하고 유념하여라.

유성룡柳成龍(1542~1607)은

조선의 문신·학자로, 자는 이견而見, 호는 서애西厓·운암雲巖, 본관은 풍산豐山, 시호는 문충文忠이다. 임진왜란이라는 미증유의 국난을 헤쳐 나간 명재상이며, 퇴계 이황의 걸출한 제자이기도 하다. 문집으로 『서애집』이 전하고 있다.

이 글은 과거시험 공부를 하고 있는 자식들에게 부친 편지이다. 자신이 과거시험 공부할 때를 회상하며, 자식들이 경서 공부를 더욱 열심히 했으면 하고 당부하고 있다. 자식들에 대한 당부는 다음의 시에서도 엿볼 수 있다. 제목은 「산사에서 독서하는 아이들에게 보이다(示兒輩讀書山寺)」이다.

우물 속에는 원래 큰 하늘이 없는지라	井裏元無大樣天
작고 둥근 것을 겨우 볼 수 있을 뿐이다	眼中纔得小團圓
젊은 나이라서 다리 힘이 굳셀 터이니	少年脚力應强健
한번 묏봉에 올라 온 누리를 보아라	一上峯頭盡八埏

공자는 동산東山에 올라서는 노나라를 작게 여겼고, 태산泰山에 올라서는 천하를 작게 여겼다 한다. 학문의 성취가 더욱 높아지는 것을 이와 같이 견준 것이다. 서애는 이 시에서 작은 성취에 만족하지 말고 젊을 때 더욱 열심히 노력하여 더 높은 학문적 성취를 이루라고 격려하고 있다.

※ 원제 아이들에게 부침(寄諸兒) 원문보기 p213_21

내 죽고 네 살아야 하거늘

14일 신미. 맑다.

4경(새벽 2시경)에 꿈을 꾸었는데, 내가 말을 타고 언덕 위를 달리다가 말이 발을 헛디뎌 냇물 속에 빠졌으나 넘어지지는 않았다. 막내아들 면勉이 부축하여 안으려는 듯하는데 꿈에서 깨었다. 이것이 무슨 조짐인지 모를 노릇이다. 저녁에 어떤 사람이 천안에서 와서 가서家書를 전하였는데, 개봉하기도 전에 뼈와 살이 먼저 떨리고 정신이 아찔하고 어지러웠다. 겉봉을 거칠게 뜯어 보니 열莅이 겉면에 '통곡痛哭' 두 글자를 써 놓은 게 보였다. 면이 전사했음을 알고 나니 나도 모르게 낙담落膽하고 실성失聲하여 통곡하고 통곡했다.

하늘은 어찌하여 이다지도 어질지 않은가! 내 죽고 네 사는 게 마땅한 이치이거늘, 네 죽고 내 살았으니 어찌하여 이치에 어긋난 것이더냐! 천지가 깜깜해지고 밝은 해도 빛이 바뀌었구나. 애닯구나, 내 아들아. 나를 버리고 어디로 갔더냐! 빼어난 기상이 범속하지 않거늘 하늘은 어째서 세상에 머물러 두지 않는 게냐! 내가 죄를 지어 네 몸에 화가 미친 게냐! 지금 나는 이 세상에 있으나 필경 어디에 의지하랴! 통곡만 할 따름이다. 하룻밤 지내는 게 한 해를 지내는 것만 같구나.

이순신 李舜臣(1545~1598)은

조선의 무신으로, 자는 여해汝諧, 본관은 덕수德水, 시호는 충무忠武이다. 더 이상의 설명이 필요 없는 우리나라 최고의 명장이다. 저서로 『이충무공전서』와 『난중일기』가 있다.

충청도 아산에서 왜적과 싸우다가 전사한 막내아들 면葂의 소식이 온 날의 일기이다. 12척의 전함으로 수백 척의 왜적을 물리친 용장이었지만, 아들의 죽음 앞에서는 일개 범부가 되고 만다. 아들의 전사 소식을 접한 이순신은 울고 또 울었다. 다음날에도 울고, 그 다음날에도 울었다. 심지어 병영 안에서는 부하의 눈치가 보여 마음놓고 울지도 못해, 강막지란 사람의 집에 가서 울기도 했다.

그 슬픔이 어찌나 깊었던지, 이순신이 고금도古今島에 진을 치고 있을 때는 죽은 아들이 꿈에 나타나 울며 하소연하기도 하였다.

"저를 죽인 왜적을 아버님께서 죽여 주십시오."

"너는 생전에 장사였건만, 죽어서는 어찌 왜적을 죽이지 못하느냐?"

"제가 왜적의 손에 죽었기 때문에 두려워서 죽이지 못합니다."

이순신이 잠에서 깨어 사람들에게, "내 꿈이 이러한데 무슨 까닭인가?" 하고는, 슬픔을 자제하지 못한 채 그대로 팔을 베고 눈을 감았더니 비몽사몽간에 면이 또 울면서 고하였다.

"아버지가 자식의 원수를 갚는 데 저승과 이승의 간격이 없습니다. 원수를 같은 진영에 두시고도 제 말을 대수롭지 않게 여기시며 죽이지 않으시다니요."

그리고는 통곡하면서 가 버렸다. 이순신이 매우 놀라 물으니, 새로

사로잡은 왜적 한 명이 배 안에 갇혀 있다고 하였다. 그 왜적의 행적을 캐물으니 과연 면을 죽인 자로 의심의 여지가 없었다. 그래서 그를 베어서 죽이라 명하였다.(『이충무공전서』「행록行錄」)

※ 원제 『난중일기』 정유년(1597) 10월 14일 원문보기 p214_22

자손들에게 바라노라

아버지, 아들, 손자는 한 기운으로 서로 통하는지라, 살아서는 한 집에 같이 있고 싶고, 죽어서는 한 무덤에 같이 있고 싶은 게 이치와 인정상 너무도 당연한 것이 아니겠느냐. 세상 사람들 중에는 풍수에 얽매여 선영이 있는 선산에 무덤을 쓰지 않고 다른 데 쓰는 자들이 많은데, 가령 풍수설이 믿을 만한 것일지라도 조상을 버리고 복을 구한다면 신이 반드시 돕지 않을 것이다. 하물며 풍수설이란 게 본래 아무 근거도 없는 허무맹랑한 것임에랴! 아버지와 아들, 할아버지와 손자가 그 해골이 각각 다른 산에 묻힌다면, 몸은 죽었지만 영혼의 지각은 있으니, 어찌 슬퍼하지 않겠느냐.

우리 선조들께서 금천衿川의 오리동梧里洞에 묻히신 지 이미 누대가 되었다. 그 산은 비록 큰 것도 아니고 남북으로는 무덤들도 많지만, 만약에 풍수에 얽매이지 않고 무덤을 나란히 쓴다면, 어찌 제 묻힐 땅이 없을까 걱정하겠느냐. 내 죽은 뒤로 자자손손 이 글에서 말한 것들을 부디 잊지 말고 명심하여라.

또 세상에서 형제가 화목하지 못한 집은 대부분 부잣집이니, 이 사실에서 재물이 있으면 다투는 마음이 생겨 천륜을 상하게 한다는 것을 알겠는데, 결국 재물이 그 빌미가 된 것이다. 내 자손들은 모름지기 남에게 해를 끼쳐 가면서 의롭지 못한 재물을 모으지 말 것이니, 힘써 농사 지어 굶주려 죽는 것을 면하면 그뿐이니라.

조상이 자손에게 바라는 게 어디 한두 가지랴마는, 지금 이 두 가지 일은 마침 내가 보고 듣고 마음으로 느낀 바 있어서 특별히 글로 남겨 두는 것이니라.

선조 32년(1599) 기해년己亥年 늦가을에 동호東湖의 초당에서 적다.

🪴이원익 李元翼(1547~1634)은

조선의 문신으로, 자는 공려公勵, 호는 오리梧里, 본관은 전주全州, 시호는 문충文忠이다. 영의정에 여러 차례 오르내렸으나 살림살이는 빈한할 정도였다 하며, 덕망이 매우 높아서 당시 사람들이 그를 '오리대감' 이라는 애칭으로 불렀다 한다. 문집으로 『오리집』이 전하고 있다.

이 글은 1599년(선조 32) 그의 나이 53세 때 지은 것으로, 그는 이해 1월 영의정에 올랐다가 5월에 사직하여 동호東湖의 초당草堂으로 물러났는데, 바로 이 초당에서 지은 것이다.

자손들이 대대로 꼭 지켜 주었으면 하는 바람을 기록한 것으로, 그 내용은 크게 둘로 나눌 수 있다. 그 하나는, 풍수설에 얽매여 발복하는 땅을 구한답시고 조상들이 묻혀 있는 선산 아닌 다른 곳에 무덤을 쓰지 말라는 것이다. 다른 하나는, 재물은 대체로 흉가로 이르는 첩경이 되니 불의의 재물을 절대 얻으려 하지 말라는 것이다.

※ 원제 자손에게 보인다(書示子孫) 원문보기 p215_23

하늘이여! 귀신이여!

네 용모 남달리 빼어났고
네 덕성 하늘에서 타고났지
부모 슬하에서 열다섯 살
시집간 지 이제 여섯 해
어버이 섬긴 일 내 아는 바
시부모 잘 모셔 칭찬 들었다지

하늘이여! 귀신이여!
제 딸에게 무슨 허물 있더이까?
한번 병들어 옥이 깨졌으니
이런 일이 어찌 있을 수 있나이까?

아비는 병들어 가 보질 못하고
울부짖고 통곡하니 기가 막힐 노릇
너는 이제 저승으로 떠났으니
너를 만날 인연 영영 없겠구나

네 어미는 지금 서울 가서
네 외할머니 앞에 있단다

네 죽음 알게 하면
약한 몸을 보전하기 어려우리

부음 듣고 나흘이 지난 날
금수錦水 물가에 망전望奠을 차리노라[1]
술과 과일 조촐하게 차려 놓고
샘물 떠다 사발 가득 부었도다

어미는 멀리 있어도 아비가 예 있으니
혼이여! 이리로 오려무나
샘물로 너의 신열 씻어 내고
술과 과일로 네 목이나 축이거라

곡을 그쳤다가 또다시 통곡하니
네 죽음 너무나 가엾구나
가을 하늘 아득한 구만리
이 한이 어찌 끝이 있으랴

🌻 임제 林悌(1549~1587)는

조선의 문인으로, 자는 자순子順, 호는 백호白湖 · 풍강楓江 · 소치嘯痴 · 벽산碧山 · 겸재謙齋, 본관은 나주이다. 성격이 워낙 자유분방하여 평소 일반 상규에 얽매이지 않았다고 한다. 과거에 급제하여 십여 년간 벼슬살이를 하였지만, 서로 헐뜯고 질시하면서 편당 지어 공명을 탈취하려는 벼슬아치 세상에 염증을 느꼈다. 그래서 벼슬을 버리고 나와 전국을 돌아다니며 생의 대부분을 보냈다. 문집으로 『백호집』이 전하고 있다.

이 글은 시집가서 일찍 죽은 딸에게 바치는 제문이다. 딸의 죽음을 애통해하는 아버지의 마음이 너무나 처연하게 전해진다.

1)금수錦水는 영산강을 가리키고, 망전望奠은 신위 앞으로 직접 갈 수 없는 형편에 멀리서 제를 드리는 것을 가리킴.

※ 원제 죽은 딸아이를 제사지내는 글(亡女奠詞) 원문보기 p215_24

행락에 빠지지 말거라

듣자니 네가 다스리는 고을에는 경치가 빼어난 강산江山이 있어서 와서 노니는 자들이 매우 많다더구나. 삼 년 동안 알밀遏密[1]한 나머지, 좋은 경치를 감상하며 시름을 푸는 것은 진실로 사람의 마음에 없을 수는 없다. 다만 사람이 올 때마다 네가 번번이 따라 노닌다면 오는 사람은 한 사람이어도 너는 백 사람을 상대해야 하니 너무 태평스러운 건 아니냐.

옛사람이 말하기를, "태수는 백성을 근심하여 잔치놀이에 마음 두지 않는다"[2] 했다. 놀며 주색에 빠지는 것은 비록 제후라 해도 해서는 안 될 일이니, 지방관의 소임을 맡은 자가 이러한 것을 백성들에게 보여서는 안 될 것이다. 사람이 오거든 너는 이 아비의 말로 사양하도록 하여라. 다만 배와 기구를 제공하는 것은 괜찮다.

도성 안에도 이러한 폐단이 또한 널리 퍼져 있어, 북소리 피리소리가 날마다 강호에 진동한다. 옛날 송나라 황제가 여영汝穎에 있을 때 여러 지방관들이 강산에서 노닐며 읊조리느라 놀이배가 온 강을 뒤덮었다. 이 시기가 어찌 풍성하고 태평하여 안락하게 즐길 때이랴. 즐거움을 탐닉하는 마음은 경계해야 하느니라.

이호민 李好閔(1553~1634)은

조선의 문신으로, 자는 효언孝彦, 호는 오봉五峯·남곽南郭·수와睡窩, 본관은 연안延安, 시호는 문희文僖이다. 문집으로 『오봉집』이 전한다.

현감으로 나가 있는 아들 경엄景嚴에게 행락行樂에 빠지지 않도록 경계시키며 써 준 편지이다. 이경엄은 부여夫餘 현감을 지낸 바 있다.

1) 알밀遏密은 임금의 상에 조의를 표한다는 말로, 요堯 임금이 죽자 백성들이 '음악을 정지했다(遏密八音)'는 데서 유래함.
2) 최치원崔致遠의 「요주파양정饒州鄱陽亭」 시. "태수가 백성을 근심하여 잔치놀이에 마음 두지 않으니, 강 가득한 풍월은 어부의 차지일세(太守憂民疏宴樂, 滿江風月屬漁翁)."

※ 원제 아들 경엄에게 보내는 편지(寄子景嚴書) 원문보기 p216_25

처음 벼슬하는 아들에게

지금 너의 이번 발걸음은
만리 가는 길의 처음인데
남자로서 해야 할 세상사
절로 흉중에 쌓여 있으리라

동서남북의 모든 사람들이
널 뜰에서 보듯 할 터이니
몸가짐 공손히 하고 삼감은
네가 특별히 힘써야 하리라

작별에 임해 다시 이르노니
넌 꼭 내 말 명심해야 하리라

장현광 張顯光(1554~1637)은

조선의 학자로, 자는 덕회德晦, 호는 여헌旅軒, 본관은 인동仁同, 시호는 문강文康이다. 평생 학문과 교육에 종사했을 뿐 현실 정치에 뜻을 두지 않았지만, 왕과 대신들에게는 도덕 정치의 구현을 강조하였고, 그 스스로도 시국에 대한 마음을 거두지는 않았다. 당대의 산림山林 학자로서 조야에 명망이 높았다. 문집으로 『여헌집』이 전하고 있다.

이 시의 원주原註에, "이때 면신免新하기 위한 서울행이 있었다" 하였다. 면신이란 관직에 새로 임명된 자가 선배들에게 음식을 대접하고 선물을 주는 일로, 일종의 신참신고식 같은 것이다. 아마도 이때 아들이 처음으로 벼슬길에 올라 서울로 가게 되었던 모양이다. 이제 벼슬길에 오르면 만인이 주시하는 공인公人이 되니, 그럴수록 몸가짐을 삼가고 삼가야 한다고 간곡하게 깨우치고 있다.

▨ 원제 서울 가는 응일이를 전송하다(送應一入京) 원문보기 p216_26

우리 집안 사람이 해야 할 일

□ 경전과 역사서를 공부하여 지식을 넓혀라

사서四書(대학, 논어, 맹자, 중용)를 읽고, 남는 힘이 있거든 역사서를 읽어라. 여기에 더해 옛사람이 어떻게 처신하고 어떻게 일처리를 했는지 살펴보아라. 이와 같이 하면 지식이 넓어질 것이며, 이것으로 근본을 세워라. 그런 다음에 글을 널리 보고 행실을 예로 단속하는 박문약례博文約禮의 공부로 차츰차츰 나아가라.

□ 이치와 운명에 편안해 하여 사리사욕을 제거하라

일처리를 늘 합리적으로 하라. 이와 같이 하는데도 일이 뜻대로 되지 않는다면 이는 운명이니 순순히 받아들이고 당혹스러워 말라.

□ 뜻을 굳세게 해서 어려움에 대처하라

비록 이치와 운명에 편안해 하더라도 막상 어려움을 당하면 굳세게 올곧기가 어렵다. 그러므로 모름지기 옛날의 지사志士와 인인仁人, 일민逸民을 본보기로 삼아 평소에 늘 분발하여라.

□ 의식衣食을 검소하게 하여 빈천에 대처하라

사람이 예로써 제 몸을 다스려 분수에서 벗어나지 않고, '우무

간연禹無間然'[1] 1장을 법으로 삼아서 사치에 초연하다면, 재물을 잘 활용할 수 있어서 빈천이 걱정할 게 못될 것이다.

□ 저축에 힘써서 급할 때를 대비하라

사람은 혼례와 상례喪禮 같은 큰일을 치러야 하고, 홍수와 실화失火로 인한 뜻밖의 재난을 당하기도 한다. 그래서 주자朱子는 『가례』에서, "평소 남는 것을 조금씩 저축하여 뜻하지 않은 일에 대비해야 한다" 한 것이다. 그러나 사람간의 예의를 소홀히 해서는 안 되니 절약 속에서 조금씩 재물을 적절히 써야 할 것이다.

이상의 다섯 가지 조목은 우리 집안 사람이 어지러운 세상에서 행해야 할 일들이다. 과연 이렇게 할 수 있다면 집안을 보존할 수 있을 것이고, 장수를 누릴 수 있을 것이고, 명예와 절의를 지켜 낼 수 있을 것이고, 마음이 평화로울 수 있을 것이고, 어떤 변고를 당해서도 감당해 낼 수 있을 것이다. 이렇게 할 수 없다면 그 해로움은 이와 꼭 반대일 것이다. 과거에 급제하여 국록으로 경작을 대신하는 것은 하늘에 달렸으니, 이것에 기대어 우리 본분에 마땅히 해야 할 이 일들에 느슨해서는 안 될 것이다.

이식 李植(1584~1647)은

조선의 문신·학자로, 자는 여고汝固, 호는 택풍당澤風堂·남궁외사 南宮外史·택구거사澤癯居士, 본관은 덕수德水, 시호는 문정文靖이다. 문장에 뛰어나 신흠申欽·이정구李廷龜·장유張維와 함께 한문 4대가로 꼽혀 왔다. 문집으로 『택당집』이 전하고 있다.

이 글은 인조 21년(1643) 그의 나이 60세 때 지은 것이다. 단아端兒는 그의 셋째 아들인 단하端夏로 이때 스무 살이었으며 훗날 우의정에 올랐다. 늘그막의 아버지가 약관의 아들에게 학업에 힘쓰고, 처신을 도리에 어긋나게 하지 말며, 평소 검소하게 생활하고, 저축에 힘써서 만약의 일에 대비하라고 일러 주고 있다.

우암 송시열은 이 글을 택당의 시장諡狀에 인용한 다음, "이것은 모두 택당 공이 몸소 행한 것으로 빈말이 아니었다" 하였다.

1) 『논어』 「태백」에 "우임금은 내가 조금도 비난할 게 없으시다. 자신의 음식은 소박하게 하면서도 귀신에 대해서는 효성을 다하셨고, 자신의 의복은 검박하게 하면서도 제복祭服에는 아름다움을 지극하게 하셨으며, 자신의 궁실은 낮게 하면서도 백성들을 위한 치수 사업에는 온 정력을 기울이셨다. 우임금은 내가 조금도 비난할 게 없으시다(禹吾無間然矣)" 하였음.

※ 원제 계미년 동지에 단아가 개성으로 갈 때 써 주다(癸未冬至書貽端兒松府之行) 원문보기 p216_27

적선과 절약과 학문에 힘써라

네가 금산錦山에서 지은 세 편의 글을 보니, 부賦가 가장 좋더구나. 비록 장원급제는 못할지언정 과방科榜에 붙기에는 넉넉하였거늘, 그만 낙제하고 말았으니 참으로 안타깝구나. 그러나 서술해 내려가면서 납약納約 아래로는 사실을 풀어 쓴 것이 너무 소략하였으니 이것이 흠이라면 흠이더구나. 책문策文도 좋았으나 조목을 따라서 네 의견을 쓴 것이 너무 소략하여 내용이 부족하였으니, 이 또한 위와 같은 흠이더구나. 과장科場의 글은 차라리 상세함이 지나쳐야지 소략함이 지나쳐서는 안 되며, 차라리 내용을 많게 할지언정 적어서는 안 되니, 이 점을 잊지 말아야 할 것이다.

또 고금의 좋은 문장들을 자세히 살펴서 그 글 짓는 법을 자기 것으로 터득해야 하니, 그런 뒤에야 문장에 흠이 없게 될 것이다. 만약에 옛사람의 작문법에 침잠하지 않고, 한갓 재간만 부려서는 글이 영 못쓰게 되니, 이 점을 몰라서는 안 될 것이다.

시험 때마다 떨어지는 것은 참으로 노력하지 않은 소치이지만, 그러나 그 근원을 살펴보면 결국은 하늘이 돕지 않아서이다. 하늘의 도움을 얻고 못 얻고는 선을 쌓는 적선積善에 달려 있을 뿐이니, 너희들은 이를 알고 있지 않으면 안 된다. 하물며 선을 쌓지 않으면 절손絶孫에도 이를 수 있으니, 그 두려움을 이루 말로 다 할 수 있으랴. 너희들은 모름지기 수신修身과 적선을 제일 급선무로 삼지 않으면 안 된다. 너희들도 일찍이 이런 생각을 해 본 적이 있더냐?

한漢나라의 문제文帝와 경제景帝는 절약과 검소를 실천하여 백성들의 세금을 누차 덜어 주었지만 자손들은 흥성하였는데, 역대의 역사를 가만히 생각해 보건대 모두 그렇지 아니함이 없었다. 우리 집안 선대로 말하더라도 고조부께서는 농사에 힘쓰시되 몸소 검소한 생활을 하시면서 노복奴僕들에게 취리取利하기를 인근에서 가장 적게 하셨는데, 그런 까닭으로 증조부 형제분들이 발흥하여 가문이 흥성하였다. 영광靈光의 돌아가신 할아버지께서는 비록 옳지 아니한 일을 하신 것은 아니지만 치부致富에 마음을 두셨는데, 그리하여 자손이 끊어졌다. 행당杏堂과 졸재拙齋 두 족증조族曾祖께서는 모두 고조부의 가르침을 행하지 않았기에 자손들이 쇠퇴하고 말았으니, 불선不善에 대한 하늘의 응답이 이처럼 분명하다.

고조와 증조께서는 절검節儉으로 집안을 일으켰으나, 후손들은 세간의 사치를 좇아서 점차 쇠퇴하게 되었다. 달도 차면 기운다. 교만하면 손해를 부르고 겸손하면 이익이 된다 하였다. 비록 평범한 말이지만 큰 가르침이 이 속에 들어 있나니, 이를 잊어서야 되겠느냐.

다음의 내 말은 우리 집에서 반드시 지켜야 할 것들이니 꼭 명심하기를 바란다.

ㅁ 옷과 말 등 무릇 제 몸을 위해 쓰는 것들은 모두 지나침이 없

어야 한다. 음식은 배고프지 않으면 그만이고, 옷은 몸을 가리면 그만이고, 말은 걸음을 대신해 주면 그만이고, 안장은 견고하면 그만이고, 그릇은 사용하기에 적합하면 그만이니라. 말은 멀리까지 갈 수 있는 한두 필만 있으면 그뿐이니 어찌 좋은 말을 구하려고 애쓰랴. 농번기에는 비록 집의 소일지라도 함부로 써서는 안 되니, 하물며 호노戶奴와 마을 사람들의 농우農牛를 씀에 있어서랴. 사람들이 반드시 괴롭게 여길 뿐만 아니라 사리事理에도 매우 어긋나니 이런 일을 하여서는 안 될 것이다. 나는 나이 오십이 넘은 뒤에야 납주의衲紬衣·모겹의茅裌衣 등의 옷을 비로소 입었는데, 저번에 보니 네가 그런 옷을 입고 있기에 내 마음이 매우 불편하더구나. 이 두 옷은 대부大夫들의 복장인데, 대부인데도 입지 않는 이들이 오히려 많거늘, 하물며 너는 대부가 아니면서 이 대부의 옷을 입어서야 되겠느냐. 이런 옷은 모름지기 가까이하지 말아서 검소함에 나아가도록 해야 할 것이다. 내 생각으로는 옷이란 모름지기 검소해야 할 뿐 절대 사치를 부려서는 안 될 것이다. 제갈무후諸葛武侯(제갈량)는 이르기를, "담박하지 않으면 뜻을 밝게 할 수 없고, 마음이 고요하지 않으면 심오한 데 이를 수 없다" 하였는데, 참으로 그 의미가 깊지 않으랴. 이 말로 자신을 경계하면서 잊지 않도록 하여라. 『단서丹書』에서는 "노력이 게으름을 이기는 자는 길하게 되고, 게으름이 노력을 이기는 자는 패가망신할 뿐만이 아니다" 하였다. 게으름의 폐해가 이토록 무서우니 어찌 잠시라도 제 몸에 머물러 있게 하랴. 아녀자들의 옷도 검소함을 숭상해야지 고운 비단을 써서는 안 되느니라.

□노비의 신공身貢(노비가 신역身役으로 납부하는 세금)은 고조부 때에는 한 명당 늘 무명 한 필이 정해진 법도였으나, 그 뒤로는 더하기도 하고 감하기도 하여 일정함이 없었다. 지금은 남자 노비는 두 필로 하고 여자 노비는 한 필 반으로 하여, 가난한 자로서 일이 많은 자는 그 양을 감해 주고 넉넉한 자도 더하지 말아서 이를 정해진 법도로 삼는 게 좋을 것 같다.

□노비를 부릴 때는 그들을 불쌍히 여겨서 설령 손해를 볼지라도 모름지기 윗사람의 것을 덜어 내어 아랫사람에게 더해 주는 도리를 굳게 지켜야 할 것이다. 그리고 늘 그들의 의식을 넉넉하게 해 주어 어려운 생활로 인한 원망을 품지 않게 해야 할 것이다. 일을 시킬 때는 일의 양을 적정하게 하여 그들의 힘이 소진되지 않게 해야 할 것이다. 또 그들이 잘못을 하였더라도 어린 것은 훈계로 그치고, 나이 든 자에게는 매질을 삼가서 자기들을 감싸 준다는 생각을 갖게 해야지 자기들을 학대한다는 원망을 가지게 해서는 안 된다. 윗사람은 반드시 엄하기도 해야 하지만 언제고 관대함을 잃어서는 안 되느니라.

□큰 힘을 들여야 하는 일 이외의 자잘한 일이나 보통의 심부름 등의 일들은 가노家奴에게만 시켜야지 호노戶奴(별도의 가정을 꾸려 밖에 사는 노비)를 부려서는 안 되니, 그 호노들이 충분히 쉬면서 농사에 진력하게 하여 사는 즐거움을 누리도록 해야 한다. 마을 사람들은 더더욱 갖가지 일로 부려서는 안 되니, 이와 같은 것은

반드시 유념해야 할 것이다.

□후손을 기도하는 것은 모름지기 『입문入門』의 구사求嗣 조목 및 『기사진전祈嗣眞詮』을 위주로 하여 힘써 행함이 지당하고 지당하니, 지극한 경지에 이른 사람의 말을 믿지 않고 맹인(예전에는 점쟁이 중에 맹인이 많았음)의 말을 믿어서야 되겠느냐. 무복巫卜 등의 말은 귀를 막고서 물리쳐 부녀자들로 하여금 미혹됨이 없게 해야 한다. 『기사진전』 열 편 중의 끝 편은 기도祈禱에 관련된 것인데, 이는 공자의 아버지와 어머니가 이구산尼丘山에 기도하여 공자를 얻은 것 같은 것에 불과할 따름으로, 공자의 아버지와 어머니 같은 적선積善 없이 기도한다면 이는 오히려 신의 노여움을 더하는 게 아니겠느냐. 하물며 무속巫俗의 황당무계한 말을 따라 기도함에 있어서랴. 무익할 뿐만 아니라 해롭기도 하니 비단 가소로울 뿐만이 아니다. 『기사진전』에서는 후손을 기도함에 있어서 개과천선을 제일 급선무로 삼았나니 명심하고 명심할지어다. 이 외의 것은 일체 물리쳐 집안의 법도를 바로 세워야 할 것이다.

□전부터 원근의 노비들이 판매 문제로 고민할 때마다 중(僧) 처간處簡이 이에 대해 나에게 힘주어 말하곤 했건만, 내가 미적미적 미루었는데 지금 후회막급이로구나. 내가 명한 남초南草(담배)의 판매는 전부터 시가時價대로 하여 상대방에게 손해가 없게 하였는데, 앞으로도 마땅히 그러해야 할 것이며, 지금 만약 이 남초를 서울로 보낸다면 더더욱 수수授受에 있어서의 폐단이 없게 될

것이다. 이 외에는 모든 매매 행위를 네가 먼저 하지 마라. 그리고 내 말을 다른 자제들의 집에도 전하여 일체 하게 하지 마라. 이 문제 때문에 더 이상 나를 염려하게 하지 마라.

□지금 비록 뱃짐을 위한 것이더라도 노비들로 하여금 배를 부리게 하는데, 가노家奴 외에는 모두 때에 준하여 조정해서 품삯을 지급하여라.

□성현의 경전은 너희들이 말을 이해할 때부터 가르쳤는데, 그 중에서도 『소학小學』은 더더욱 중요하니 배우는 자들은 마땅히 이 책을 위주로 해야 한다. 내가 평생토록 이에 대해서는 너희들에게 귀에 못이 박히도록 일러 주었으니, 지금 새삼 다시 더 말할 필요 없을 것이다. 다만 때때로 조용히 앉아서 『소학』을 한 장 한 장씩 넘기며 읽노라면 반드시 새로 알게 되는 것들이 있을 것이다. 그 외에도 다른 경전들을 돌아가면서 읽노라면 몸과 마음에 도움 되는 것들이 한둘이 아닐 것이다. 이는 평생 마땅히 힘써서 죽음에 이르더라도 변치 말아야 할 일이니라.

우리 집이 흥하고 망하는 것은 내가 지금 앞에서 일러 준 말에 달려 있으니, 절대 범범히 보아 넘기지 말 것이며, 손자들에게도 명심하게 하여라.

윤선도 尹善道(1587~1671)는

조선의 문신·문인으로, 자는 약이約而, 호는 고산孤山·해옹海翁, 본관은 해남海南, 시호는 충헌忠憲이다. 관직 생활은 순탄치 못해 20여 년간의 유배생활과 19년간의 은거생활을 했다. 74세에도 함경도 삼수 땅으로 유배될 정도였다. 그리고 「어부사시사漁父四時詞」 등으로 시조 문학의 한 페이지를 장식하고 있으며, 문집으로 『고산선생유고孤山先生遺稿』가 전하고 있다.

이 편지는 1660년(현종 1) 74세 때 큰아들(윤인미尹仁美)에게 보낸 것이다. 연보에 의하면 고산은 이해 4월 이전에는 경기도 양주 고산이라는 곳에 있었고, 4월 이후로는 함경도 삼수 땅으로 유배되었는데, 어느 곳에서 향리 해남의 아들에게 이 편지를 부쳤는지는 분명치 않다.

편지에서는 적선積善과 절약, 학문을 강조하고 있다. 특히 적선과 관련해서는, 아들이 과거시험에 떨어진 것도 궁극적으로는 적선에 힘쓰지 않아서이고, 후손을 얻는 데도 적선이 제일 급선무이며, 적선하지 않고 신의 도움을 받기 위해 기도한다면 오히려 신의 노여움을 살 뿐이라 하고 있다.

※ 원제 큰아들에게 부치다(寄大兒書) 원문보기 p217_28

내 혼백을 부끄럽게 하지 마라

재물을 즐거움으로 삼지 마라.

교만하고 자만하지 마라.

해괴하고 허망한 것을 믿지 마라.

남의 허물을 입에 올리지 마라.

의심하는 말은 겨레를 어지럽게 하니라.

질투하는 아녀자는 집안을 망하게 하니라.

여색을 좋아하는 자는 몸을 망치니라.

음주를 좋아하는 자는 건강을 해치니라.

말을 많이 하는 것은 반드시 피해야 한다.

화를 내는 것은 반드시 경계해야 한다.

말은 거짓되어서는 안 된다.

행실은 조심스러워야 한다.

초상 때와 제사 때는 반드시 삼가야 한다.

겨레 사이에는 반드시 화목해야 한다.

사람을 택하여 교제하면 허물을 멀리하게 된다.

마을을 택하여 살면 치욕을 멀리하게 된다.

군자의 행실은 남을 이기는 것을 능사로 삼지 않으며, 제 몸을
지켜 불의에 빠지지 않는 것을 현명함으로 삼으니, 너희들은 이
것들을 힘써 행하고 잊지 말아라.

나는 늙어서 죽음이 임박했는데, 내 죽은 뒤 내 혼백을 부끄럽게 하지 마라.

이것들은 모두 내가 내 몸에 친히 경계하고 힘써 삼간 것인지라 말이 매우 간절하니라.

허목許穆(1595~1682)은

조선의 문신 · 학자로, 자는 문보文父 · 화보和父, 호는 미수眉叟 · 대령노인臺嶺老人, 본관은 양천陽川, 시호는 문정文正이다. 당대 남인南人의 대표적 학자였다. 문집으로 『기언記言』을 남겼다.

1661년(현종 2) 6월, 그의 나이 67세 때 삼척 부사로 있으면서 자손에게 써 준 것으로, 그 말미에 이제껏 몸소 경계하며 힘써 행한 것으로 자손들을 경계한다 하였다. 이 글을 읽어 보면, 옛날의 선비들이 일상 생활 속에서 무엇에 마음을 두고 힘썼는지 엿볼 수 있다.

※ 원제 자손을 훈계하는 열여덟 가지 경계(訓子孫十八戒) 원문보기 p220_29

118

아비를 닮지 말거라

세상을 멸시하는 미친 짓과 다른 사람을 업신여기는 교만함은 절대로 군자의 아름다운 덕이 아니다. 비록 "자취를 더럽혀서 도를 깨끗이 하고, 몸을 온전히 하여 해악을 멀리한다"고는 하지만, 명교名敎 속에 저절로 명철보신明哲保身[1]의 도리가 있나니, 하필 그렇게 해야만 하겠느냐.

나는 혼탁한 임금(광해군)을 만나 당시의 정치가 혼란스러운지라, 자취를 깊이 숨기고자 마침내는 과거 공부를 그만두고 술 마시는 걸 일삼았다. 결국 '술을 숭상한다'는 이름을 얻고 보니, 스스로 몸을 보전하는 좋은 계책이라 여겼더랬다. 그러나 이미 취한 뒤에는 위태롭게 큰소리를 치며 방약무인傍若無人한 태도를 취해 남의 입에 오르내리더구나. 지금에 와서 생각해 보니 후회막급이구나. 너는 의당 절실히 경계하여 마음가짐과 몸가짐은 반드시 단정한 사람을 본받아야 할 것이다.

독서는 성현聖賢의 경전을 근본으로 삼아야 하고, 그 다음에 시소詩騷(시가詩歌)를 읽어서 빼어난 기상을 갖추는 데 보탬이 되도록 해야 한다.

무릇 글을 짓는 것 또한 반드시 큰 자리를 차지하고 높은 운격韻格을 가져서 반드시 옛사람의 길을 걸어야 한다. 과거시험 문장 같이 진부하고 나약한 문장은 일삼지 말도록 하라.

🪴 김휴金烋(1597~1638)는

조선의 학자로, 자는 자미子美·겸가謙可, 호는 경와敬窩, 본관은 의성義城이다. 수백 종의 도서를 분류하고 정리한 『해동문헌총록海東文獻總錄』을 저술하여, 우리나라 서지학書誌學의 기초를 마련하였다. 문집으로 『경와집』이 남아 있다.

혼탁한 세상을 만나 술로 나날을 보낸 자신을 거울삼아, 아들은 그런 짓을 하지 않았으면 하는 바람을 담은 글이다.

1) 명철보신明哲保身이란, 세상물정을 잘 살피고 말과 행동을 조심함으로써 제 한 몸 보존한다는 뜻.

▨ 원제 아들을 경계하는 말(戒子說) 원문보기 p220_30

독서와 수행에 힘써라

내 나이가 지금 일흔하나이니
네 할아버지 된 지 오래되었구나
내가 너를 잘 가르치지 못했다만
독서와 수행은 다 너 하기 나름이니라

맹자는 맹모삼천孟母三遷으로 성인 되셨고
순임금은 사람되라고 오륜을 가르치셨니라
자식의 현불초는 하늘에 달렸다 했지만
이는 요부堯夫(소옹邵雍)의 우연한 농담일 뿐이니라

네 아비는 가르칠 필요 없다 늘 말하지만
충격이 있어서 그리 말하는 게 아니겠느냐

송시열宋時烈(1607~1689)은

　조선의 문신·학자로, 자는 영보英甫, 호는 우암尤庵·화양동주華陽洞主·남간노수南澗老叟, 본관은 은진恩津, 시호는 문정文正이다. 당대의 대학자였으며, 문집으로 『송자대전宋子大全』이 전하고 있다.

　이 시는 1677년(숙종 3) 71세 때 지어 손자에게 준 것이다. 사람이 사람답게 사는 것은 독서와 수양에 달려 있고, 독서와 수양은 또 전적으로 자기에게 달려 있음을 간곡히 일러 주고 있다.

※ 원제 손자에게 보이다(示兒孫) 원문보기 p221_31

선생님의 가르침을 잘 받들거라

옛사람이 이르기를, "선생님 섬기기를 아버지 섬기듯 하라" 하였는데, 너희들은 이 말의 의미를 잘 알고 있을 것이다. 매사에 정성을 다하여 선생님의 가르침을 받들고, 선생님께서 정해 주신 분량의 독서를 폐함이 없도록 하여, 반드시 공부를 향상시켜서 다른 날 괄목상대의 터전으로 삼아야 할 것이다. 이것이 나의 바람이니라.

나는 이미 상소하여 내 의사를 진달하였기에 남쪽 지방으로 가서 여기저기 둘러보고자 한다. 이만 줄인다.

윤휴 尹鑴(1617~1680)는

조선의 문신·학자로, 초명은 경鑮, 자는 희중希仲, 호는 백호白湖·하헌夏軒, 본관은 남원南原이다. 문집으로 『백호집』이 전하고 있다.

이 편지는 집을 떠나 바깥에서 공부하고 있는 두 아들에게 부친 것으로, 두 아들이 사사하고 있는 선생님은 바로 윤선거尹宣擧였다. 당색으로 보면 윤선거는 서인이고 윤휴는 남인이다.

윤휴는 서인의 영수였던 송시열과는 정치적인 면에서뿐만 아니라, 학문적으로도 앙숙이었다. 특히 정통 주자학을 고집했던 송시열은, 윤휴가 주자의 견해와 배치되는 독자적인 학설을 제기하자 사문난적斯文亂賊으로 몰아 공격하였다. 그런데 윤선거는 송시열과 같은 서인이었음에도 윤휴를 옹호하였다.

당색을 떠나 서로에 대한 믿음을 가지고 그 자식을 맡긴 두 사람의 우정은, 그 의미를 오늘날에도 다시 한 번 되새겨 볼 만한 가치가 있다.

※ 원제 하제와 은제에게 부치다(寄夏濟殷濟) 원문보기 p221_32

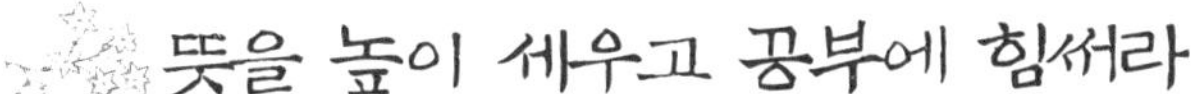 뜻을 높이 세우고 공부에 힘써라

전원의 황폐함도 신경 쓰고 싶지 않고, 가업家業의 쇠락함도 신경 쓰고 싶지 않구나. 지극한 애통함이 마음에 있는데 이를 떨쳐 버리기가 어렵구나. 그러나 죽고 사는 것은 결국 하늘에 달린 일이니 무슨 한으로 삼으랴!

오히려 가장 한스런 것은 너희들이 공부를 하지 않아 남들에게 뒤쳐져 있는 것이니라. 살아서는 얼굴을 펼 수도 없고 죽어서는 눈도 감을 수 없을 터인데, 너희들은 아비의 이런 심정을 헤아리기라도 하는 것이냐? 그렇다고 매양 공부 과정을 정해 놓고 독촉하여 부자간의 정을 상하게 하고 싶지도 않다. 오직 너희들이 일체의 잡념과 잡사를 끊고 마음을 바꾸어 분발함에 달려 있을 뿐이니라. 만약에 너희들이 공부에 무성의하여 끝내 성취함이 없다면, 나는 너희들과 두 번 다시 말하고 싶지 않구나.

무엇이 마땅히 행하여 할 도리인지를 곰곰이 생각해 본다면 뜻을 세우는 것이 저절로 높아질 것이다. 세운 뜻이 높다면 공부에 저절로 힘쓸 것이다. 힘써 공부한다면 제 몸에 무한히 좋은 일들이 생기지 않겠느냐. 그런 뒤에야 부모의 비참한 심정을 조금이라도 위로해 줄 수 있을 것이며, 훗날 집안의 흥망성쇠도 모두 여기에 달려 있을 것이다. 그 핵심은 책상 앞에 산처럼 앉아서 마음을 보존하는 것일 따름이니, 이 말을 부디 명심하여라.

주자朱子가 자식을 경계한 글에 "제육祭肉과 모피 등속은 모두 잘 보존해야 할 것이니, 그렇게 하지 못하여 내 불효를 더해지게 하지 말라" 하였는데, 할아버지께서 "이는 마땅히 깊이 살펴볼 일이다" 하셨느니라.

🌻 김수증金壽增(1624~1701)은

조선의 문신·학자로, 자는 연지延之, 호는 곡운谷雲·화음동주華陰洞主, 본관은 안동安東이다. 청음淸陰 김상헌金尙憲의 손자이다. 비록 출사하여 벼슬살이를 하기는 했으나 연하벽煙霞癖이 있을 정도로 자연에 한거하기를 좋아했으며, 성리학에 침잠했다. 문집으로 『곡운집』이 전하고 있다.

이 글은 부지런히 분발하여 공부에 힘쓸 것을 독려하며 장남 창국昌國에게 써 준 것이다. 그 자신이 비록 은거하는 삶을 추구하긴 했으나, 자식 공부만큼은 여느 부모와 다름이 없었음을 엿볼 수 있다. 그게 바로 부모의 자연스런 마음이다. 그러나 그렇다고 그 공부가 부귀영화를 위한 공부는 아니었다. 사람이 지켜야 할 도리를 지키며 바르게 사는 법을 배우라는 것이었다. 그것은 손자의 아명을 '남상嵐祥'이라 지어 주고 쓴 글에도 잘 드러나 있다. 제목은 「손아남상소자설孫兒嵐祥小字說」이다.

"퇴계 이 선생께서 이자현李資玄의 일을 읊조리기를, '헛된 광영光榮 내보내고 푸른 남기嵐氣처럼 자취 없었다' 하였는데, 내가 이를 취하여 내 사는 곳을 '청남대정사靑嵐臺精舍'라 하였다. 경신년(1680) 정월 2일에 손자가 이 정사에서 태어났는데, 내가 마침내 아명을 남상嵐祥이라 이름하였다.

오호라! 사람들 대부분이 사사로운 명리名利에 빠져 세도世道가 상실되었는데, 지금에 이르러 그 극에 달하였다. 후손 중에 만약 자신을 수양하여 이런 유속流俗에서 벗어나는 자가 있다면, 우리 집안의 광영이 이보다 더 큼이 없으리니, 저 구구한 일시적인 헛된 광영은 어찌 입에 담을 만한 것이랴."

※ 원제 아들 창국에게 보이다(書示昌國) 원문보기 p221_33

일찍 일어나서 반드시 부모에게 문안을 올리고, 저녁 무렵에도 안부를 살피러 부모의 처소로 오는 것을 날마다 빠트리지 않아야 한다.

부모 곁에 있을 때 심부름시키는 일이 있으면 삼가 봉행하고 게을리 하지 말아야 한다.

부모가 부르거든 싫은 기색을 짓지 말라.

조석으로 부모의 안부를 살피러 온 뒤에야 책을 보거나 글씨를 쓰거나 시를 짓거나 해야 한다. 이 외의 바둑이나 장기 등의 잡된 일은 일체 손에도 대지 말아야 한다.

어른 곁에 있을 때는, 어른께서 일어나시거든 너도 반드시 일어나며, 어른께서 묻는 게 있으시거든 반드시 공손히 응대하라.

부모가 가르쳐서 경계하는 말을 하거든 반드시 마음에 새기고 잊지 말아라.

늘 집에 있도록 할 것이며, 절대 망령되이 제 마음대로 다른 곳으로 출입하지 말아라.

잡된 사람들과 교제하지 말며 자기보다 나은 자들을 벗하여라.

다른 사람과 교제할 때는 행동거지를 반드시 공손하게 하고 말을 반드시 삼가라.

조급하고 망령된 행위를 하지 말며, 비루하고 저속한 이야기를 하지 말아라.

만약에 부득이 출입해야 할 곳이 있으면, 비록 가까운 곳일지라도 반드시 부모에게 아뢰어라.

집안에 제사가 있거든 반드시 빗질하고 씻어서 몸과 마음을 깨끗하게 해야 한다.

어른을 따라서 일을 할 때는 일상생활의 평범한 일이라 하더라도 반드시 주의해서 행하며, 모르는 게 있거든 반드시 어른에게 물어서 행하여라.

남의 허물을 들었거든 절대 입 밖으로 발설하지 말며, 남의 잘못을 보았더라도 다른 사람에게 말하지 말아라.

옷은 추위와 더위를 막으면 그뿐이고 음식은 배고픔을 잊게 해주면 그뿐이니 절대 사치하게 하지 말아라.

조정朝廷의 일은 절대 망령되이 제 마음대로 옳으니 그르니 하지 말아라.

🌻김수흥金壽興(1626~1690)은

조선의 문신으로, 자는 기지起之, 호는 퇴우당退憂堂·지당止堂, 본관은 안동安東, 시호는 문익文翼이다. 김수증의 동생이며, 동생 김수항과 함께 영의정을 지낸 바 있다. 문집으로 『퇴우당집』이 전하고 있다.

이 글은 1683년(숙종 9)에 둘째 아들 창설昌說에게 지어 준 것으로, 일

상생활에서 지켜야 할 예절을 세세히 당부하고 있다. 이때 그의 나이
는 58세였다. 또한 이해에 창설의 아내로 며느리를 맞이할 때도 당부
하는 글을 지어 준 바 있다. 제목은 「며느리에게 주다(書贈子婦)」이다.

"내 나이 마흔 하나에 비로소 아들을 얻었건만 여덟 살 되던 해에
잃었다. 또 다행히 아들을 얻었는데, 지금 성인이 되어 신부를 보게
되었으니, 이는 실로 더할 수 없는 우리 집의 경사이다.

내 일찍이 보건대, 세속의 부녀가 시부모를 대하는 것이 종내는
친부모를 대하는 것과 같지 않은데, 이는 진실로 시부모가 며느리를
대하는 것이 친자녀를 대하는 것과 같지 않아서이다. 우리 부부는
늙은지라 기대는 것이 오직 신부일 뿐이니, 마음으로 아끼는 것이
친자녀 같을 뿐만이 아니다. 그러니 신부도 세속의 사람들이 하는
바를 본받지 말 것이니, 이것이 내가 절실히 바라는 바이다.

근자에 세속의 폐단이 갈수록 심해져서, 시부모를 모심에 있어서
사랑과 공경을 위주로 하지 않고 오로지 맛있는 음식으로만 섬기고
자 하여, 심한 경우는 가난한 집안이 혹 파산하는 데에 이르기도 하
는데, 이는 참으로 통탄할 만한 일이다. 신부는 절대 이런 습속을 본
받지 말 것이며, 맛있는 음식을 꼭 차리고자 하여도 몇 가지만 갖추
어도 족하니라.

우리 집은 선대부터 평소 청빈하다고 일컬어졌으며 가산家産이 본
디 많지 않았다. 내가 나라의 두터운 은혜를 입어서 염치없이 재상
의 자리에까지 올랐으나 전답과 노비는 실로 늘어난 것이 없는데,
이 때문에 식구들이 안으로는 궁핍하지만 또한 스스로 분수를 따라

서 생활하고 있다. 신부가 훗날에는 이 가산을 물려받게 될 것인데, 많고 적음에는 관심을 두지 말고 선대의 근면과 검소의 덕을 본받아서 분수대로 살아가는 게, 이게 바로 내가 원하는 바이니라.

부인은 집안에서 음식을 맡고 있는 사람이다. 세상에서는 부인의 덕을 논하면서 치가治家를 잘하는 것을 꼽는데, 내 생각은 그렇지 않다. 부인으로서 집안의 대소사에 참견하여 이른바 치가를 잘한다는 자들을 내가 살펴보니, 끝내는 반드시 제 분수를 지나쳐 도리에서 벗어나지 않는 자가 드물더구나. 신부는 반드시 나의 이 뜻을 잘 살펴서, 차라리 치가에 서툴지언정 세상의 이른바 치가를 잘하는 자는 되지 말라.

제사는 정성이 근본이다. 제물을 과도하게 풍성히 차리는 것이 자손으로서의 예를 다하는 것은 결코 아니다. 그것은 집안의 형편에 맞게 차리면 된다. 정성과 청결에 힘쓰고 힘써야 한다.

집안은 화목하게 하되 법도를 잃어서도 안 된다. 노복奴僕은 그들이 일하는 정도를 따라서 상벌을 행하되 그들의 처지와 주림을 불쌍히 여기지 않으면 안 된다. 옛사람이 이르되 '이들도 사람의 자식이니 잘 대해 주어야 한다' 하였는데, 이 말은 참으로 법도로 삼을 만하다."

※ 원제 아들 창설에게 주다(書贈說兒) 원문보기 p222_34

 유언

나는 벼슬이 정승에 올랐고 나이도 육순을 넘겼으니, 이제 왕명으로 죽는다 해도 더는 한스러울 게 없지만, 그래도 한스러운 게 몇 가지는 있다.

세 분 임금으로부터 망극한 은혜를 입었음에도 보답할 털끝만큼의 공적도 세우지 못한 채 끝내는 큰 벌을 받게 되어 이 마음을 다하겠다는 뜻이 어긋나게 되었으니, 이것이 첫 번째 한이다.

어려서부터 학문에 뜻을 두어 사람의 도리를 밝혀 놓은 책을 즐겨 보았으며 늙어서도 이 뜻만은 잊지 않으려 했는데, 용렬하고 나약한 습관 때문에 단 하루도 마음을 다해 힘써 하지 못하여 끝내는 아무 성취도 없이 죽게 되었으니, 이것이 두 번째 한이다.

비록 젊은 나이에 벼슬길에 올랐으나 사실 벼슬엔 마음이 별로 없었고, 성품도 산수자연을 좋아하여 늘 벼슬을 그만두고 한가로이 조용한 물가에서 노년을 보내려 했었다. 그래서 일찍이 백운산에 초가집 지어 놓고 마음은 실제로 여기에 있었으나, 몸은 벼슬에 구속되어 끝내는 처음의 뜻을 실천하지 못했으니, 이것이 세 번째 한이다.

이것을 너희들에게 꼭 알려 주고 싶었다. 그래서 글로 써서 보여 주는 것이다.

나는 어렵고 위태로운 시기를 당하여 백성을 널리 구제하는 일을 본디 감당할 수 없음에도 오랫동안 과분한 자리를 차지하여 관직과 나라를 병들게 하였으니, 그 죄는 진실로 속죄받기 힘들 것이다. 그래도 임금을 사랑하는 일념만은 귀신에게 물어도 의심이 없다고 자부하며 오늘에 이르렀다. 이러한 내 마음을 구구하게 스스로 밝힐 수는 없지만 뒷사람들에게 알려지기를 참으로 바란다.

할아버님(김상헌金尙憲)께서 돌아가실 때 상례와 제례를 검소하게 하라 유언하셨다. 못난 나는 선조에 만분의 일도 미치지 못하면서, 더구나 지금은 임금으로부터 죄를 얻어 선조에게 누를 끼치고 말았다. 그래서 더더욱 아무 관계없는 사람과 똑같이 할 수 없으니, 상례와 제례를 비롯한 모든 일을 검약하게 하고 조금이라도 분수에 넘치지 않도록 하여 나의 이 뜻을 따라야 할 것이다.

우리 집안의 상례와 제례는 전통 예법과 다소 차이가 있다. 할아버님께서는 늘 "선조들이 오래도록 행해 오던 것을 경솔하게 고쳐서는 안 된다"고 가르치셨으나, 또 한편으론 "그 가운데 고치지 않을 수 없는 것은 후손들이 잘 헤아려서 고쳐도 괜찮다"고 가르치셨다. 모든 일은 오래되면 마땅히 변하게 마련이니, 옛것을 한결같이 맹목적으로 좇아서는 안 될 것이다. 지금 나의 상을 당하면 상례와 제례 등 여러 예법은, 옛날과 지금이 다르고 재력이 모자라는 것을 제외하고는, 모두 『상례비요喪禮備要』를 따라 시행하여라.

무덤 앞의 비석을 지나치게 사치스럽고 크게 하는 폐습을 본받지 마라. 할아버님께서는 신도비도 세우지 말라고 유언하시어 그렇게 하였다. 이제 나의 무덤에도 작은 표석이나 세우고, 또한 묘지석을 묻되 세계世系와 태어나고 죽은 날의 이력만 간단히 쓰도록 하여라. 문자를 장황하게 늘어놓아 남들의 비웃음을 사지 않도록 하여라.

나는 본래 재주와 덕이 없었으나 선조의 음덕으로 나라의 은총을 받아서 과분한 벼슬자리에 올랐으니, 결국 스스로 화를 불러들인 것이다. 오늘의 일은 높은 자리에 오르고도 그만두지 못하고 물러나고자 하여도 물러나지 못하여서인데, 이제 와서 뉘우친들 무슨 소용이랴! 무릇 나의 자손들은 마땅히 나를 경계로 삼아 늘 겸손하게 물러날 수 있는 마음을 가져야 하리라. 벼슬을 할 때는 높고 중요한 자리는 피할 것이며, 집안에 있을 때는 공손과 검소를 힘써 행하여라. 다른 사람과의 교유를 삼가고 말과 논의를 간소하게 하여라. 이렇게 한결같이 선조의 유훈을 좇아서 자신과 집안을 보존하는 토대로 삼아야 할 것이다. 내가 여러 손자들의 이름을 '謙(겸손할 겸)' 자로 한 것은 이런 뜻에서이다.

옛사람이 이르기를, "책을 읽는 자손이 끊어지면 안 된다" 하였다. 너희들이 부지런히 아이들을 가르쳐 언제까지나 충효와 문헌의 전통을 실추시키지 않는다면 가문을 지켜 나갈 수 있을 것이니, 이것이 과거에 급제하여 벼슬하는 것에 달려 있는 것만은 아니니라.

기사년(1689) 4월 7일 문곡옹文谷翁은 아들 창집昌集, 창협昌協, 창흡昌翕, 창업昌業, 창즙昌緝에게 이 글을 써서 준다. 손자들이 성장하거든 또한 이 글을 전해 주어라."

김수항 金壽恒(1629~1689)은

조선의 문신으로, 자는 구지久之, 호는 문곡文谷, 본관은 안동安東, 시호는 문충文忠이다. 벼슬은 영의정에 올랐고 정치적으로는 당시 노론의 영수였다. 문집으로 『문곡집』이 전하고 있다.

이 글은 기사년(1689)에 자식들에게 유언으로 남긴 글이다. 이해 2월에 일어난 기사환국己巳換局으로 그는 진도珍島에 유배되었다. 그리고 윤3월 28일에는 사사賜死하라는 왕명이 내려졌는데, 사사되기 이틀 전에 창집·창협·창흡·창업·창즙의 다섯 아들에게 이 글을 유언으로 남겼다. 훗날 장남 창집은 아버지의 뒤를 이어 영의정이 되었으며, 김수항은 창집에게 이런 편지도 남긴 바 있다. 제목은 「집아에게 답하다(答集兒)」이다.

"황 교관黃敎官은 어떤 사람인지 모르겠는데, 인물과 학문이 어떻다고 하더냐? 만약에 잘 가르치는 사람이라면 가서 배우는 것을 어찌 꺼리랴마는, 전부터 너희들은 배운답시고 교관의 집을 들락거리면서 공부에는 힘쓰지 않고 여러 아이들과 작당해서 놀기나 하여 큰 해만 있었고 조금의 이득도 없었는데, 지금 또 이와 같이 한다면 차라리 집에서 정좌靜坐하여 공부하는 게 나을 것이니, 비록 혹 가서 배우더라도 절대로 이와 같이 하지 말아야 할 것이다. 하물며 너는 지금 이미 관례를 치르고 장가까지 든 마당이라 전날의 아이 때와는 다르니, 더더욱 아이들을 좇아 놀아서 사람들의 이목을 놀라게 하지 말아야 할 것이니, 삼가고 삼가라. 또, 편지를 쓸 때에는 만약 너무

바쁘지 않다면 해서체楷書體의 글자로 정성을 들여 써야지 초서체草書體의 글자를 섞어 써서는 안 될 것이다. 나머지 바람은 설을 잘 쇠어 집을 나와 있는 이 아비의 걱정을 덜어 주는 것이니라."

이 편지는 1662년(현종 3) 청나라 사신을 의주義州까지 전송하는 도중에 지은 것이다. 아들이 공부한답시고 바깥출입을 하면서 다른 애들과 작당하여 몰래 놀러 다니지나 않을까 하고 노심초사하는 아버지의 마음을 읽을 수 있는 글이다.

※ 원제 유계(遺戒) 원문보기 p223_35

소도둑이 바늘도둑 된다

과장에서 요행 바라는 것도 이심利心이니
이심은 싹튼 뒤 금하기가 어렵느니라
내가 격언을 너희들에게 일러 주나니
소도둑은 바늘도둑에서 비롯되느니라

가을장마 끝남에 날씨 시원해지니
지금이야말로 때맞춰 독서할 때이네
만사는 다 노력으로 이루어지나니
동복 불러 급히 관솔 꺾어 오게 하라

윤증 尹拯(1629~1714)은

조선의 학자로, 자는 인경仁卿 · 자인子仁, 호는 명재明齋 · 유봉酉峯, 본관은 파평坡平, 시호는 문성文成이다. 윤선거의 아들이다. 한때 송시열의 문하에서 학문을 배우기도 하였으나, 뒷날 송시열의 학문과 덕행을 비판하는 입장을 취하였다. 윤휴의 학설을 지지한 윤선거를 못마땅하게 여기던 송시열이, 윤증의 부탁으로 윤선거의 비문碑文을 지어 주었는데, 그 속에는 윤증이 도저히 받아들일 수 없는 내용이 있었다. 그래서 윤증은 다시 써 줄 것을 요구하였고, 송시열은 글자 몇 군데만 고쳤을 뿐 요지는 전혀 바꾸지 않았다. 이 사건을 계기로 이들 사이의 갈등은 심화되었고, 급기야 서인은 '노론'과 '소론'으로 분당되기에 이른다.

이 시는 요행을 바라는 삿댄 마음 버리고 힘써 공부하라는 당부를 담은 시이다.

※ 원제 아이들에게 보이다(示兒輩) 원문보기 p224_36

네 가지 덕

너의 교만함을 경계하노니
교만하면 덕이 손상된다
어찌하면 교만을 없애랴?
요점은 겸손과 절제에 있느니라

너의 나태함을 경계하노니
게으르면 너의 직무를 망치노라
어찌하면 게으름을 제어하랴?
요점은 근면과 근신에 있느니라

너의 오활함을 경계하노니
생각이 오활하면 새어 나오게 마련이다
어찌하면 오활함을 다스리랴?
요점은 상세히 살피는 데 있느니라

너의 경박함을 경계하노니
기상이 경박하면 지나치게 마련이다
어찌하면 경박함을 억누르랴?
요점은 차분하고 고요한 데 있느니라

겸손은 덕의 기초요, 근면은 일의 근간이요, 상세함은 정사政事
의 요점이요, 고요함은 마음의 본체이다. 군자가 겸손을 지킨다
면 덕을 높일 수 있고, 매우 부지런하다면 일을 넓힐 수 있고, 상
세하고 신중하면 정사를 세울 수 있고, 확고하고 고요하면 마음
을 보존할 수 있다. 군자는 이 네 가지 덕을 실천한 뒤라야 제 몸
을 지탱하고 다른 사람을 응대할 수 있느니라. 을해년(1695) 겨울,
존소자存所子가 쓰노라.

최석정 崔錫鼎(1646~1715)은

조선의 문신으로, 초명은 석만錫萬, 자는 여화汝和, 호는 존와存窩·
존소자存所子·명곡明谷, 본관은 전주全州, 시호는 문정文貞이다. 문집
으로 『명곡집』이 전한다.

교만함과 나태함과 오활함과 경박함에 빠지지 않도록, 아들 창대昌
大를 경계시키며 써 준 글이다. 겸손과 근면과 상세함과 고요함의 네
가지 덕을 갖추어야 군자가 될 수 있고, 또한 그것이 토대가 되어야
제 몸을 지탱하고 다른 사람을 응대할 수 있다 했다.

※ 원제 사덕잠을 아이에게 보여주다(示兒四德箴) 원문보기 p225_37

산을 보아도 네 생각,
물을 보아도 네 생각

병술년(1706) 2월 상사일은 죽은 딸 봉혜鳳惠를 묻은 다음날이다. 그 아비는 떡과 고기와 과일을 대충 마련해 놓고 이 글로써 그 아이의 무덤 앞에서 곡하노라.

아아, 나는 스무 살이 넘도록 자식이 없었고 네 어미 또한 몸이 약하고 병이 많아 늘 대를 잇는 문제로 근심하고 있었더랬다. 경진년(1700) 봄에야 네가 태어났는데, 네 어미가 너를 가졌을 때 오색조五色鳥가 오래 울다가 떠나는 꿈을 꾸었단다. 그래서 할아버지께서 마침내 네 이름을 '봉鳳'이라 지으셨지. 너는 날 때부터 용모가 아름답고 초롱초롱하여 나는 너무 기쁜 나머지 딸을 낳았다는 아쉬움도 몰랐단다. 이런 나에게 네 외증조부 월당공(송규렴宋奎濂)께서 편지를 보내와,

"자넨 아들을 바라다가 딸을 얻었는데도 어찌 이처럼 기뻐하는 겐가?"

하시더구나. 나는 도연명陶淵明의,

"연약한 딸이 비록 사내는 아니나, 마음을 달래기엔 없는 것보다 나으리."(「화유시상和劉柴桑」)

하는 구절로 대답을 드렸단다.

다시 2년 뒤 임오년(1702)에 네 아우 봉석鳳錫이가 태어났다. 그해 겨울 네 어미는 너희들을 데리고 회천懷川의 친정으로 문안을 갔다가 계미년(1703) 봄에야 비로소 금계金溪의 집에서 우린 다시 단란하게 모였단다. 봉석이는 이미 상을 짚고 일어설 정도로 기운찼고 너는 말씨와 행동거지가 더욱 예뻐서 사랑스러웠지. 네 부모는 앞에 있는 한 쌍의 구슬을 놀리듯 종일토록 너희들과 놀았단다. 네 어미는 늘 말했지.

"봉혜 같은 딸이 있고 봉석이 같은 아들이 있어서 저는 남부럽지 않답니다."

얼마 후 네 할아버지께서 파직되어 돌아오시자 너의 막내 숙부가 영동永同에서 인석麟錫이를 데리고 왔고, 두 분 큰어머님도 서울에서 내려오시어 한 마을에서 함께 살았단다. 자형과 매제도 함께 내려왔는데, 달 밝은 밤이나 꽃이 핀 아침이면, 산에 오르기도 하고, 물가에 나가기도 하고, 누대를 거닐기도 하고, 작은 배를 타기도 하고, 투호나 바둑을 두기도 하고, 술 마시며 노래 부르기도 하였더랬지. 너희 남매도 항상 그 사이에서 옷을 끌어당기면서 소리 치고 뛰어다녔단다. 너의 종숙부와 종고모들은 너를 사랑해 주고 기특하게 여기며 감탄을 했더랬다. 모두들 우리 부부가 어여쁜 자식들을 두었다고 하였지. 우리 부부도 너희 남매가 늦게 태어난 걸 아쉽게 여기면서 너희들이 어서 성장하여 혼인하기를 날마다 기원했었단다.

이듬해 갑신년(1704)에 네 할아버지께서 강화 유수로 부임하시어 나와 너희들이 모두 따라갔는데, 가을에 봉석이가 그만 갑자기 찬바람을 맞아 죽고 말았구나. 그때 부모의 참혹하고 슬픈 심정을 말로 다할 수가 없었단다. 너는 더욱더 슬퍼하며 매번,

"봉석아, 너는 왜 부모님의 사랑을 버리고 죽었니? 너는 왜 혼자 무서움도 없이 텅 빈 산에 버려졌니?"

하였는데, 그 말이 처절하여 차마 들을 수가 없었단다. 너는 또 부모가 지나치게 슬퍼할까 걱정스러워 좋은 말로 위로하고, 또 재롱을 떨며 우리를 즐겁게 해 주려 했지. 부모 된 심정으로 비록 죽은 아들 생각에 견딜 수가 없었지만, 그래도 네가 앞에서 극진하게 효도를 다하는 까닭에 조금이나마 비통한 마음을 달랠 수 있었단다. 그런데 누가 알았으랴! 하루아침에 너마저 부모를 버리고 영영 떠날 줄을…. 아아! 예전에 네가 봉석이를 원망했던 것처럼 나도 너를 원망하련다. 예전에 네가 봉석이를 슬퍼했던 것처럼 나도 너를 슬퍼하련다. 너는 아느냐, 모르느냐? 아아, 애통하구나. 아아, 애통하구나.

내가 아이들을 많이 보아 왔다만, 난 너처럼 영민하고 지혜로운 아이를 보지 못했고, 너처럼 효성스럽고 우애로운 아이를 보지 못했단다. 아이들치고 어느 누군들 놀고 장난치는 걸 좋아하지 않겠느냐. 그런데 너는 그렇지 않았단다. 서너 살 때부터 길쌈과 바느질을 좋아했고, 밥 짓고 음식 차리는 걸 일삼았으며, 집안의 세간붙이를 잘 간수하였지. 그래서 네 어미는,

"저 아인 벌써 제 일을 잘 분담해 준답니다. 일을 처리하고 손님을 접대하는 데는 완연히 어른의 자태까지 있어요."

하더구나. 말을 할 때는 정성스러웠고, 음식이나 물건을 나눠줄 때는 공평하게 하였지. 이 때문에 귀천을 막론하고 누구에게나 환심을 얻어, 네가 살아서는 모두들 사랑해 주었고, 네가 죽어서는 모두들 안타까이 여겼단다. 나는 이로써 네가 남들보다 영민하고 지혜롭다는 걸 알게 되었구나.

또 나는 네가 무척이나 사랑스러웠단다. 내가 타이르고 가르친 것을 너는 반드시 따라 주어 조금이라도 이 아비의 뜻을 어긴 적이 없었지. 간혹 잠시나마 내가 집 밖으로 나갔다가 돌아오면,

"아버지께선 절 잊으셨나 봅니다. 어찌 그리 여러 날을 밖에서 주무세요?"

하였지. 내가 만약 너와 함께 내실에라도 있게 되면 너는 기뻐서 뛰며 그칠 줄 몰랐단다.

네 어미는 늘 심장병을 앓아 밤새도록 소리 지르며 괴로워했단다. 너는 곁에 안겨서 울었는데, 옆에 있는 사람이 너를 내보내려 해도 너는 끝내 나가려 하지 않더구나. 그때 넌 아직 돌도 안 되었더랬지.

네 어미는 봉석이가 죽은 뒤로 빨리 죽고 싶다고 말하곤 했었지. 넌 그 말을 들을 때마다 슬퍼하며,

"엄마, 죽지 마셔요. 절 엄마 없는 아이로 만들지 마셔요."

하였단다. 네 어미는 너를 슬퍼하는 마음에서 여러 차례 그때의 이야기를 내게 들려주더구나.

또 노비들에게 네 할머니께서 나를 기르실 때의 이야기를 전해 듣고는 마음으로 깊이 감동하여 네 혼자 사당에 들어가 배알하기

도 하였지. 너는 네 할아버지를 섬길 때도 천성적으로 정성과 사랑을 다하였단다. 할아버지께서 고향에 가셔서 여러 달이 지나도록 돌아오지 않으시면 너는 무척이나 간절하게 그리워하였고, 신선한 채소·과일·생선·조개 따위를 보면 네 어미에게,

"이거 맛있어요. 어떻게 하면 할아버지께서 한번 맛보실 수 있을까요?"

했다더구나. 네 어미가 장난으로 물어 보면, 너는 또,

"저는 할아버지께서 머리가 하얗게 센 게 안타까울 따름이에요."

하고 말했는데, 듣는 이들 모두가 기특하게 여겼더랬다. 너와 봉석이는 우애가 매우 돈독하여 살아서는 잠시라도 서로 저버리려하지 않았고, 죽어서는 깊은 슬픔이 시간이 지나도 줄지 않았지. 종형제들과 한 방에 거처하더라도 너는 친형제처럼 여기더구나. 나는 이로써 너의 효성과 우애가 남들이 미치지 못할 만큼 깊다는 걸 알게 되었단다.

아아, 너는 영민하고 지혜로웠음에도 오래 살지 못하였고, 효성스럽고 우애로웠음에도 복을 받지 못하였구나. 나는 이제야 영민과 지혜가 요절의 근원이요 죽음의 조짐이며, 효성과 우애가 하늘이 질투하고 신령이 미워하는 것임을 알게 되었구나. 그렇다면 무식하여 목석같이 완고한 자들만이 백세의 수를 누릴 수 있고, 사납고 포악하여 효경梟獍[1]처럼 흉악한 자들만이 수복강녕壽福康寧의 복을 받을 수 있단 말이냐? 아아, 애통하구나. 아아, 애통하구나.

너는 비록 딸이었으나 내가 너에게 기대한 것은 매우 컸단다. 더구나 너는 평소 건강하여 병이 없었음에도 요절하는 우환을 당하고 말았으니, 이걸 어찌 꿈에선들 생각이나 했겠느냐! 나는 천성이 오활하여 서울에 사는 걸 좋아하지 않아 을유년(1705) 겨울 온 가족을 데리고 금계의 옛 집으로 돌아가려 하였단다. 이해엔 도성에 마마(천연두)가 크게 유행하여 내 생각으로 너는 아직 마마를 겪지 않은 터라 멀리 시골로 피하는 게 좋겠다고 여겨 드디어 너를 데리고 길에 올랐던 게다. 죽산竹山 가섭리迦葉里에 이르렀을 즈음, 그날은 바람이 크게 불어 추운 날이었는데, 네가 수레 안에서 나왔을 때 얼굴빛은 백지장처럼 하얗고 몸은 얼어붙어 한참이나 말을 못했다. 네 어미가 급히 술로 네 몸을 데우고 화로로 네 몸을 따뜻하게 해 주니 그제야 너는 조금씩 사람의 안색을 되찾고 말도 하게 되었단다. 이튿날 새벽 너는 갑자기 배앓이를 하며 토했지만, 나는 찬바람을 맞아 그런 것이겠지 했다. 또 도중에 오래 머물 수도 없는지라 마침내는 길을 떠났단다. 그런데 식송촌植松村에서 점심을 먹다가 너는 또 토하며 밥을 먹지 못하더구나. 너를 보니 혼이 나가 얼굴빛이 사색이 되었더구나. 나는 당황스럽고 두려운 나머지 다급히 수레를 몰아 운정雲亭에 도착했다. 밤은 이미 깊었고 이 약 저 약을 먹여 보았으나 별무효과였다. 이틀이 지나자 마마 자국이 나타나더구나. 그래서 의원 유상柳瑺(조선 숙종 때의 의관)을 불러 진맥하게 했더니,

"혈血이 이미 요도尿道에서 내려왔기 때문에 유부俞跗와 편작扁鵲(둘 다 중국 고대의 명의)이라도 어쩔 수 없을 겁니다."

하더구나.

너는 과연 여드레나 일어나지 못하더니, 10월 그믐날엔 아침부터 밤까지 수십 번이나 설사를 하고 배가 북처럼 부풀어 가쁜 숨소리를 내더구나. 나는 너의 발을 부둥켜안고서 앉았고, 네 어미는 또 내 곁에 앉아 있었지. 그때 등불은 환했고 바람은 솔솔 창호지에 불어왔는데, 네 아비와 어미는 그저 눈물만 흘리며 서로 바라볼 뿐이었단다. 너는 홀연 눈을 떠서 나를 보며 몇 마디 하다가는 목이 메어 그만두었는데, 마치 부모와 영결하는 듯하더구나. 그때 네 부모의 마음이 어떠했겠느냐? 아아, 애통하구나. 아아, 애통하구나.

너는 병세가 위급했을 때 정신이 혼미해져 아무것도 분별하거나 기억하지 못하였는데, 농담을 하는 듯도 하고 잠꼬대를 하는 듯도 하는 가운데 문득 나에게 말하기를,

"이렇게 된 건 아버지 잘못이에요, 이렇게 된 건 아버지 잘못이에요."

하더구나. 마치 내 잘못을 일깨워 주는 듯했단다. 아아! 옛날 한문공韓文公(한유韓愈, 당나라 때의 문인)은,

"사람으로 태어나 재난에서 벗어나지 못하고 죽는다면 이는 부모의 죄이다."

하였으니, 네가 병들고 또 죽게 된 게 누구의 죄이겠느냐? 네가 나를 따라나서지만 않았던들 도중에 쓰러져 병이 났겠느냐? 설령 병을 얻었다 해도 따뜻한 곳에서 치료만 잘 받았던들 어찌 갑작스런 죽음에 이르렀겠느냐? 그런데 그렇게 하지를 못하였구

나. 따뜻한 아랫목과 포근한 이불을 떠나, 세찬 바람 불고 눈이 날리는 황량한 산골짝으로 데려가 쓰러지게 하고, 또 때맞춰 의원에게 물어 증상에 맞는 약을 쓰지도 못한 채, 길 가는 도중에 너를 요절시키고 말았구나. 다 내 죄다, 다 내 죄다. 그러니 어찌 종신토록 한이 되지 않겠느냐? 아아, 애통하구나. 아아, 애통하구나.

너의 용모는 아름답고 고왔으며, 너의 정신은 빼어나고 온전하였으며, 너의 품성은 영민하고 지혜로웠으며, 너의 덕성은 효성스럽고 우애로웠단다. 이런 몇 가지가 어찌 요절을 불러오는 원인이 되랴. 그런데도 너는 요절하고 말았으니 이 어찌 된 것이냐? 네가 병들었던 처음에 내가 심하게 근심하고 있으니, 네 종숙부들이 모두,

"이 아이의 외모와 품성을 보면 다복을 누릴 텐데, 형님은 왜 그리 지나치게 근심하십니까?"

하면서 나를 위안시켜 주더구나. 지금 생각해 보면 복이 없기로 너 만한 사람이 어디 있으랴. 그럼에도 사람들이 다복을 누릴 것이라 한 건 도대체 무엇 때문이더냐? 아아! 너는 어찌 그리 복도 없이 요절하고 말았더냐? 네가 죽던 날 너의 종숙부들이 모두,

"무릇 사람의 나고 죽는 것과 요절하고 장수하는 것은 용모로도 정신으로도 또 성품과 행실로도 추측할 수 없습니다. 이 아이가 죽었듯이 세상에서는 어떤 아이도 어떻게 될지 마음을 놓을 수 없습니다."

하면서 나를 위로해 주더구나. 너는 어찌 그리 복도 없이 요절하

고 말았더냐? 생각건대 이는 다 이 아비가 많은 잘못을 저질러 천지신명에게 죄를 얻어서이니, 그렇다면 너는 실로 이 아비를 대신해서 죽은 것이니, 어찌 원통하지 않으랴, 어찌 원통하지 않으랴. 아아, 너무 슬퍼구나, 너무 슬퍼구나.

나는 네가 떠난 뒤로 흙덩이처럼 방안에 앉아 종일토록 벽만 바라보며 바보인 듯이 취한 듯이 멍하니 지내고 있단다. 앉아서도 무엇을 해야 할지 모르겠고, 나가서도 어디를 가야 할지 모르겠구나. 책을 펼쳐 놓은 채 탄식하기도 하고, 밥상을 마주한 채 한숨짓기도 하고, 그림자를 마주하며 중얼거리기도 한단다. 산을 보아도 네 생각, 물을 보아도 네 생각, 솔바람 소리 들어도 네 생각, 작은 배에서 밝은 달 바라보아도 네 생각뿐이란다. 어느 때고 네 생각이고 어디를 가도 네 생각이구나. 그러나 너의 자취는 이미 식은 재 날아가듯 가 버렸으니 찾아 보아도 보이질 않고 구해 보아도 얻을 수가 없구나.

아아! 나와 네가 부녀지간이 된 지 6년밖에 되질 않아서 다시 언제 황천에서 상봉할지 알 길이 없구나. 그렇다면 지금부터 내가 죽을 때까지 너를 그리워하고 슬퍼하지 않는 날이 없을 것인데, 아아! 그 많은 날들을 내가 어찌 견뎌 낼 수 있으랴. 불교의 윤회설은 비록 우리 유자儒者들이 말할 바는 아니나, 양숙자羊叔子[2]가 반지 찾던 일과 방차율房恋律[3]이 항아리 발견했던 일은 매우 신기하니, 과연 전해지는 말과 같다면 또한 그런 이치가 전혀 허무맹랑한 것만은 아닐 게다. 나는 지금부터 세세생생世世生生(몇 번이고 다시 환생함) 너와 부녀지간이 되어 금생에서 못 다한 빚을 갚고, 또 끝없는 슬품을 조금이나마 위로받게 되기만을 바라노라. 아아, 애통하구나. 아아, 애통하구나.

네가 죽었을 때 세속의 금기 때문에 장사를 지내지 못하다가 금년 한식날 다시 염을 하여 네 할머니 묘소 곁에 깊이 묻었다. 그리고 인석麟錫이란 놈이 또 네 뒤를 이어 며칠 있다 죽어, 좌봉左鳳과 우린右麟이 지하에서 할머니를 따르니, 너의 혼백이 안다면 아마도 외롭지는 않으리라.

아아! 봄바람이 불어오면 만물이 회생하건만 네 혼백은 한번 가서는 돌아오지 않으니, 아득한 이 아픔 어찌 다할 날 있으랴. 감정이 격해져서 말에 두서는 없으나, 모두 네 아비의 애간장에서 우러나온 것이니, 네가 그것을 안다면 저승에서라도 들을 수 있을 게다. 아아, 애통하구나. 아아, 애통하구나.

🪴이하곤李夏坤(1677~1724)은

조선의 문인으로, 자는 재대載大, 호는 담헌澹軒·소금산초小金山樵·무우자無憂子, 본관은 경주慶州이다. 벼슬에 나아간 적은 없었으며, 서화書畵에 많은 관심을 쏟았다. 문집으로 『두타초頭陀草』가 전하고 있다.

딸아이를 잃은 절절한 슬픔을 생생하게 전해 주는 글이다. 글을 읽는 내내 코끝을 찡하게 하고 눈시울을 촉촉이 적시게 한다.

1)효梟는 어미를 잡아먹는다는 새, 경獍은 아비를 잡아먹는다는 동물

2)양숙자羊叔子는 진晉나라 때 사람 양호羊祜를 가리키며, 숙자는 그의 자. 그는 다섯 살 때 유모를 시켜 이웃집 담 밑에서 금반지를 찾아오게 했으며, 이웃집에서 그 사실을 알고 그 반지는 자기의 죽은 아이가 가지고 놀던 것이라 했다 함.

3)방차율房次律은 당唐나라 때 사람 방관房琯을 가리키며, 차율은 그의 자. 그가 도사道士 형화박邢和璞과 어느 폐사廢寺에 놀러 갔다가 노송 아래 앉았더니, 형화박이 사람을 시켜 땅을 파고 독 안에 들어 있던 글을 꺼내게 하였는데, 그것은 예전에 누사덕婁師德이 영선사永禪師에게 보낸 편지였으며, 이로써 방관은 자기의 전신前身이 영선사인 줄 깨달았다 함.

▧ 원제 봉혜를 곡하는 제문(哭鳳惠文) 원문보기 p225_38

지방관의 소임

일에 대응할 때는 그때마다 반드시 자신을 돌아보면서 마음을 다하여라.

따뜻하고 부드럽게 백성들을 친근히 대하고, 작은 허물을 용서하되 의도를 가지고 한 것인지 의도가 없이 한 것인지 살펴라.

사납게 성내지 않도록 경계하고, 서리胥吏가 죄를 지으면 담소하면서 다스려라.

부로父老들을 초대하여, 아프거나 힘든 일은 없는지 물어 보아라.

관장官長은 부형父兄처럼 섬겨라.

첩소牒訴(소송장)를 거짓으로 꾸민 자가 있으면 그 이름을 적어 두라.

서리들의 잘못을 분간하기 어려울 때는 섣불리 누설하지 말고 우선은 가만히 살피거라.

백성을 다스리는 데 마음을 다하고 집안 사정으로 누가 되지 않도록 하라. 나라를 저버리지 않아야 효자가 된다.

이익 李瀷(1681~1763)은

조선의 학자로, 자는 자신子新, 호는 성호星湖, 본관은 여주驪州이다. 그는 투철한 주체의식과 비판정신을 소유한 학자로서, 당시의 사회제도를 실증적으로 분석하고 비판한 『성호사설星湖僿說』을 저술한 바 있다. 문집으로 『성호집』이 있다.

외아들 맹휴孟休가 1745년 전라도 만경萬頃의 현령으로 부임한 바 있는데, 이때 써 준 것으로 보인다.

※ 원제 아들을 가르치는 여덟 조목(訓子八條) 원문보기 p229_39

임금이 동궁을 시좌侍坐하게 하고 유신을 불러 『자성편自省編』[1]을 읽으라고 명하였다. 임금이 동궁에게 말하였다.

"너는 편안한 데서 태어나서 편안한 데서 자랐으니, 날 대신하여 나랏일을 맡은 뒤 의심스럽고 어려운 일이 있거든 반드시 나에게 아뢰고 행하도록 하여라. 동해왕東海王 유강劉彊은 그 아비 광무제光武帝에게 잘도 경계하는 말을 올렸는데, 내 잘못을 네가 만약 경계하는 말로 아뢴다면 세상의 즐거운 일 중에 이보다 더한 게 어디 있겠느냐?"

이어서 여러 신하들에게 차례로 『자성편』을 읽게 하고, 구절을 따라서 동궁에게 가르쳤다.

"천리天理는 먼 데 있지 않고 바로 내 마음에 있다. 천리가 고원한 것 같으나 힘써 실천하면 합치할 수 있고, 그렇게 하지 않으면 물욕物欲에 부림을 당한다. 용렬한 임금과 밝은 군주는 다만 천리와 물욕, 공公과 사私로 구분될 뿐임을 너 역시 어찌 모르겠느냐?"

" '망념작광罔念作狂(생각함이 없으면 미치광이가 됨)'의 '광狂' 자는 미쳐 날뛰는 것만을 이르는 게 아니다. 천리에 위배되면 그 모두가 '광'이니라. 그리고 마땅히 해야 할 일을 하지 않는 것과 마땅히 하지 말아야 할 일을 하는 것, 이 또한 '광'이 아니겠느냐?"

"나는 13세에 비로소 스승에게 나아갔는데, 늦게 배운 까닭에 제대로 공부를 하지 못했다. 또 나의 자질이 남보다 못하지는 않았기 때문에 나 자신을 과신하는 병통이 있었다. 너는 나보다 낫지만, 그러나 학문하는 건 초목에 물을 적절하게 주는 것과 같으니, 지금 나이 젊을 적에 힘쓰지 않아서야 되겠느냐. 만약 이때를 잃는다면 후회한들 무슨 소용 있으랴."

"제멋대로 온갖 잘못을 범함은 그 모두가 오로지 쾌락만을 추구함에서 비롯된 것이다. 임금이 하는 일이 선하면 만백성이 칭송하고 그렇지 아니하면 모두 비웃나니, 이른바 '종로 거리의 사람들이 그 임금을 책한다' 는 말이 그것이다. 쾌락을 일삼는 것은 너에게는 작지 않은 병통이니 경계하고 경계하여라."

"천명天命의 거취는 임금의 선악에 달려 있을 뿐이다. 억만 창생은 바로 상천上天의 적자赤子이니, 하늘이 임금의 자리를 백성을 사랑하는 자에게 주겠느냐, 그렇지 않은 자에게 주겠느냐? 걸桀 · 주紂가 망한 것과 탕湯 · 무武가 흥한 것은 그 모두가 공경함과 공경치 아니함에서 비롯된 것으로, 곤충 · 초목도 모두 내게 속한 물건이니 네가 만약 함부로 뽑거나 밟는다면 이는 나를 망각한 것이다. 미물도 그러하거늘 하물며 우리 세록世祿을 받는 신하에 있어서랴."

'세기무형제世豈無兄弟(세상에 어찌 형세가 없으랴)' 장에 이르렀을 때 임금이 다음과 같이 말하였다.

"송나라 태종 같은 현명한 군주도 사람들이 태자太子를 소년천자少年天子로 일컫는 것을 달갑게 여기지 아니하여 '짐朕을 어디에 두었는가?' 하였다. 증자曾子의 어머니같이 현명한 이도 오히려 투저投杼[2] 하는 일이 있었다. 임금 자리는 지극히 어려운 자리이니, 절박한 참언讒言이 난무하여 능히 이것을 벗어날 수 있는 자 드무니라. 황형皇兄(경종景宗)께서 만약 증자의 어머니가 투저하듯 참언을 믿었더라면, 내게 어찌 오늘날이 있었겠느냐? 너는 반드시 나를 섬기는 마음으로 나의 황형을 섬겨 신축년(1721, 경종 원년) 겨울 이후의 일(신임사화辛壬士禍)[3]은 유연하게 보는 것이 옳으니라.”

“내가 태묘太廟에 들어갈 때는 그때마다 마치 들어가지 못할 듯한 몸가짐으로 ‘몸을 굽힌다(鞠躬如也)’는 구절을 외우는데, 이렇게 하면 몸 안의 기氣가 펴져서 피곤한 줄 모르니, 성인의 교훈이 사람에게 유익함을 알 수 있겠다. 자전慈殿에 입시할 때 너 역시 이 구절을 외워야 할 것이다.”

“‘문 밖에 신발 두 켤레가 있을 때 소리가 들리면 들어가고 소리가 들리지 않으면 들어가지 않는다’ 하였나니, 이것은 하찮은 일에 불과하지만, 이러한 것들을 살펴서 미루어 나가면 또한 큰 일도 해 낼 수 있을 것이다.”

“음식은 한때의 맛있는 음식이요, 학문은 일생의 맛있는 음식인데, 실컷 먹고도 탈이 없는 것은 오직 학문만이 그러하니라.”

“나는 평상시에는 반드시 꿇어앉으며, 감히 다리를 쭉 펴고 앉지 않는다. 학문을 하여서 그런 것일 뿐만 아니라 우리의 가법家法이 그러하기 때문이다. 네가 이제 곧 대리청정하여 팔도의 백성들을 모두 춘대春臺(평화롭고 살기 좋은 세상) 위의 동산에서 노닐게 한다면 풍우風雩의 기상이라 하겠지만, 만약 내시와 더불어 후원에서 노닐면서 이를 욕기浴沂[4]라고 한다면, 이는 걸桀·주紂가(중국 고대의 폭군)와 다름이 없는 것이다.”

“예전 공물로 바친 것 가운데 산 것이 있으면 번번이 후원에 놓아주었더니, 지금 춘당대 연못에는 한 자 넘는 잉어가 많다.”

“나는 개미가 줄지어 가는 것을 보면 차마 밟지 못하고, 파리나 모기가 장 단지에 빠져 있더라도 모두 건져 놓아주었다. 땅강아지나 개미 같은 미물에게도 그러하였으니, 하물며 사람에 있어서랴. 만약 형옥刑獄을 안이하게 처리한다면 반드시 잘못될 것이니 신중하고 신중하라.”

“나는 불나방이 날아와 등불에 부딪치는 것을 보면, 도랑과 골짜기에서 이리저리 나뒹구는 백성들의 시신을 생각하여 구휼하는 정사를 베풀었다. 너는 비록 한참 즐겁게 놀 때라도 항상 오막살이의 미천한 백성과 더불어 그 즐거움을 함께할 마음을 가져라. 사람이 자식 하나를 남에게 맡겨도 사랑해 줄 것을 힘써 당부하거늘, 하물며 억만 백성을 너에게 맡김에 있어서랴.”

“사치의 금함은 곧 임금의 급선무이니라. 나도 즉위 초에 사치를 금한 일이 있었는데, 먼저 농사의 어려움을 안 뒤라야 씀씀이를 절약하여 백성을 아낄 수 있다. 네가 만약 양 한 마리를 삶으라고 한다면 피해가 백성에게 미치는 것 역시 크다.”

“임금이 젊고 예쁜 여자를 사랑하면 신하와 백성들에게 은혜를 베푸는 것이 시들해지니, 주紂의 신하와 백성들의 마음이 떠났던 것은 그가 주색에 빠진 데서 말미암은 것이다. 내가 오늘 이런 말을 하는 것은 모두 너를 위해서이다. 한漢나라 성제成帝는 조회를 볼 때는 마치 신神과 같았으나 한가할 때는 조비연趙飛燕과 음탕하게 놀아났는데, 너는 모름지기 이를 깊이 경계하도록 하여라.”

“‘성문을 닫았으면 언로言路를 열고 성문을 열었으면 언로를 닫는다’는 옛말이 있다. 이래서야 어찌 나라를 제대로 다스릴 수 있겠느냐? 언로를 열어 놓는 것은 바로 우리 조종조의 아름다운 일이니, 너는 모름지기 공경히 본받으라. 네가 엄숙하고 굳세기가 남보다 지나쳐서 신하들이 감히 네 비위를 거스르지 못하니 너는 마땅히 이를 염두에 두어야 한다.”

“수많은 번거로운 나랏일은 마음을 차분하게 가라앉히고 처리하여야 실수가 없을 것이다. 어느 날 어떤 일에 대해 어느 신하가 어떤 글을 올렸는지 반드시 기록하여 곁에 두고, 의심스러우면 뒷날 다시 물어 보는 것이 좋으니라.”

“창업創業(왕조를 세우는 것)은 오히려 쉽고 수성守成(이룬 것을 지키는 것)이 어려우니라. 처음에는 비록 온갖 고생을 겪었더라도 오히려 끝에 가서는 태만해지는 경우가 한둘이 아니니, 하물며 애초에 어려움을 겪어 보지 못한 임금이야 어떻게 처음과 끝이 같으리라고 보장할 수 있겠느냐.”

“섭이중攝夷中의 「춘종春種」5) 시는 실로 간절하다. 저 농부와 양잠하는 부녀의 근면과 고생이 이와 같지만 그들 자신은 입거나 먹지 못하고 이를 나와 너에게 바친다. 생각이 여기에 미친다면 어찌 차마 호의호식하면서 저 곤궁한 백성들을 생각하지 않으랴.”

“내가 탕평책을 써서 조화와 균형에 힘쓰는 것은 붕당朋黨이 반드시 나라를 망치게 되리라는 염려에서다. 그러나 제 아무리 조

화와 균형이 중요하더라도 어진 사람을 등용하고 간사한 사람을
물러나게 하는 것 또한 나라의 흥망에 매우 관계되니, 너는 모름
지기 나의 이 뜻을 유념해야 할 것이다."

강講을 마친 뒤 또 말하였다.

"내가 오늘 이런 말을 한 것은 바로 나라를 위한 고뇌에서다.
너는 대리청정 초에 기강을 세운다는 요지의 시를 지었는데, 이
또한 너무 쉽게 생각한 것이다. 시 한 수 짓고 갑자기 기강을 세
우고자 한다면 그게 쉽겠느냐? 대리청정한 뒤로는 체모가 절로
전과 달라지니 시문 같은 글을 많이 지을 필요는 없을 것이다."

영조英祖(1694~1776)는

조선의 제21대 왕(재위 1724~1776)으로, 이름은 금昑, 자는 광숙光叔,
호는 양성養性이다. 숙종의 둘째 아들로 여섯 살 때 연잉군延礽君에 봉
해졌다. 소론과 노론의 대립 속에서 노론의 지지를 받으며 왕위에 올
랐으나, 즉위한 뒤 소론과 노론의 화해를 주선하기도 하는 등의 탕평
책을 실시하였다.

이 글은 『영조실록』 영조 25년(1749) 2월 17일 기사이다. 이제 막 성
동成童(15세)이 된 사도세자에게 대리청정의 대임을 맡기고 경연經筵으
로 불러, 군왕으로서 지녀야 할 덕을 일깨워 주면서 성군이 될 것을
간곡히 당부한 글이다. 그 이전에도 영조는 아래와 같은 글을 직접 쓰

고 책으로 엮어 사도세자에게 주기도 했다. 제목은 『훈유訓諭』이다.

도량을 넓게 하고 뜻을 굳세게 하라	弘毅立志
너그럽고 간소하게 백성을 다스려라	寬簡御衆
공평한 마음으로 치우치지 말고 보라	公心一視
어질고 능력 있는 인재를 등용하라	任賢使能

1) 자성편自省編은 영조가 1746년에 그동안의 독서와 통치를 통해 느끼고 깨친 바를, 첫째는 자신의 뒤를 이을 동궁을 위하여, 다음으로는 자신의 반성 자료로 삼기 위해 엮은 책.

2) 투저投杼는 거짓말이라도 자꾸 듣게 되면 정말로 그렇게 여기게 된다는 말. 공자의 제자인 증삼曾參과 같은 이름을 가진 사람이 사람을 죽인 사건이 있었는데, 베를 짜고 있던 증삼의 어머니에게 어떤 사람이 와서, "증삼이 사람을 죽였습니다" 하니, 증삼의 어머니가 처음엔 그 말을 믿으려 하지 않다가 두세 번 반복하여 사람을 죽였다 하자, 결국 베 짜던 북을 내던지고 달아났다는 고사에서 나온 말.

3) 신임사화辛壬士禍는 경종 즉위 후 연잉군延礽君(영조)의 세제世弟 책봉 문제로 노론과 소론 사이의 갈등으로 일어난 옥사.

4) 욕기풍우浴沂風雩를 가리킴. 욕기풍우란 자연을 유유자적 한가로이 즐기는 모양. 공자가 증석曾晳에게 소망을 물었더니, "늦은 봄에 봄옷이 마련되었거든 관을 쓴 자 대여섯 명과 동자 예닐곱 명과 함께 기수에서 목욕하고 기우제 올리는 곳에서 바람을 쐬고서 노래 읊으며 돌아오겠습니다"(『논어』 「선진편」) 한 말에서 비롯된 말.

5) '春種'으로 시작되는 섭이중聶夷中의 「전가田家」 시(이신李紳의 「민농憫農」 시라고도 함)를 가리키는 것으로 보임. "봄에 조 한 알을 심으면, 가을에 만 알의 열매 거두네. 사해에 비워 둔 밭 없건만, 농부는 많이도 굶어 죽네. 한낮에 김을 매다 보니, 땀방울이 벼 아래 흙에 떨어지네. 누가 알랴! 소반에 담긴 밥, 한 톨 한 톨이 애써 고생한 것인 줄을(春種一粒粟, 秋收萬顆子. 四海無閒田, 農夫多餓死. 鋤禾日當午, 汗滴禾下土. 誰知盤中飱, 粒粒皆辛苦)."

※ 원제 『영조실록』 영조 25년 2월 17일 원문보기 p230_40

아들 생각

장맛비가 열흘 넘게 괴롭게도 개지 않아
어린 아들 편지 소식 자꾸자꾸 더뎌지네
멀리서도 사립문 밖 물난리 알고 있지만
낚시터에 매일 올라 긴 낚싯대 드리우네

남유용 南有容(1698~1773)은

조선의 문신으로, 자는 덕재德哉, 호는 소화少華·뇌연雷淵, 본관은 의령宜寧, 시호는 문청文淸이다. 정조正祖가 세손世孫일 때 원손보양관 元孫輔養官으로서 세 살배기 어린 정조를 무릎에 앉혀 놓고 글을 가르 쳤는데, 정조는 훗날 그 은덕을 오래도록 잊지 못하였다 한다. 문집으 로 『뇌연집』이 전하고 있다.

아버지와 아들이 함께 살 수 없는 무슨 사연이 있었던지, 아버지는 아들 소식을 애타게 기다린다. 물난리로 아들 편지가 올 리 없다는 걸 뻔히 알고 있지만, 그래도 매일매일 기다린다. 아들 그리는 정이 담뿍 배어 있는 시이다.

※ 원제 어린 아들을 생각하며(憶幼子) 원문보기 p232_41

아들을 기다리는 마음

으르는 바람은 재를 뚫을 듯 세차고
시름 비는 내 건너기 어렵게 하리라
야윈 말 여행이 얼마나 고달프랴
걱정이 날마다 만 가지로 일어나네

사람 기다리는 건 원래 괴로운데
하물며 하늘 끝에서 자식 기다림에랴
자식 걱정이 살아가면서 하는 일인데
꽉 막힌 길이니 아비 된 게 부끄럽네

괴로운 비가 사흘 동안 이어지나니
마음은 오직 먼 길 오는 아이에게 가 있네
하늘이 가까이에서 돌봐 주신다면
길 가든 머물든 맑게 개이련만

이광사李匡師(1705~1777)는

　　조선의 학자·서예가로, 자는 도보道甫, 호는 원교圓嶠·수북壽北, 본관은 전주全州이다. 서예사에서 조선적 서체를 강조하는 '동국진체東國眞體'를 완성한 것으로 평가받는다. 1755년(영조 31) 나주벽서사건으로 함경도의 부령富寧, 전라도의 신지도薪智島 등지에서 20여 년 이상의 오랜 세월 유배생활을 하다가 유배지에서 생을 마쳤다. 문집으로『원교집』이 전하고 있다.

　　이 시는 부령 유배 시기에 지은 것으로 보인다. 특히 그의 둘째 아들 영익令翊은 부령과 신지도에 있을 때 유배지로 찾아와서 함께 살기도 하였는데, 이 시는 영익이 부령으로 온다는 기별을 받고 지은 것으로 보인다. 먼 길을 오고 있는 아들을 노심초사 기다리는 아버지의 안타까운 마음이 절절하게 배어 있다. 그 아들이 돌아간 뒤에는 이런 시도 지었다. 제목은「서울로 돌아가는 영익을 전송하고 근심스레 앉아서 절구를 짓다(送令翊還京悄坐絕句)」이다.

세찬 삭풍에 함박눈 어지러이 날리고	疾風霾厚雪
험준한 고개는 하늘에 맞닿아 있구나	重嶺竝高旻
아이가 돌아가는 날 가슴이 미어지나니	絕憐歸屋日
마을 문에 기대어 선 이 누구인가	誰是倚閭人

　　원제 아들을 기다리다(待兒行) 원문보기 p233_42

부부간에 반드시 서로 존중하여라

부부 사이는 만복의 근원으로 그 처음에 삼가지 않으면 안 된다. 서로 예로써 공경함을 잊고 혼인하자마자 서로 무람없이 함부로 대하면 금수가 되는 게 바로 여기에 있고, 자신과 집안의 명예를 떨어뜨리는 게 늘 이를 말미암으니, 그 처음에 삼가지 않아서야 되겠느냐. 『중용』에 "군자의 도리는 부부 사이에서 비롯된다" 하였다. 남명南冥 조식曺植은, "사람은 평소 그의 아내·자식과 함께 있어서는 안 되니, 비록 바탕이 아름다운 자일지라도 자기도 모르는 새 처자에 빠져 성취가 있을 수 없다" 하였다. 관설觀雪 허후許厚는 아내와 상대할 때 서로 손님을 대하듯이 공경하였고 늙을수록 더욱 그러하여 지금까지 사람들의 칭송이 그치지 않고 있는데, 이것이 가장 본보기로 삼을 만하다.

지금 젊은이들은 어려서부터 부모 곁에서만 성장하여 출입하면서 사람을 접하는 절도를 알고 있지 못한다. 이런 사람들이 어느 날 하루아침에 장가들면 대부분 예로써 제 몸을 다스리지 못하여 언행에 있어서 허물이 교차되어 사람들의 경멸을 받으니, 이는 마땅히 두려워해야 할 것이다.

처갓집은 편안하여 나태해지기 쉽다. 옛날의 진 문공晉文公과 유 선주劉先主(유비劉備) 같은 빼어난 자질로도 오히려 이런 병통이 있었으니, 하물며 보통 사람임에랴. 군자가 굳셈(剛毅)을 귀하게 여기는 것은 제 사사로운 욕심에 굴복되지 않아서이다. 또 옛사람은 편안함을 독약으로 간주하였으니 늘 이에 대해 주의하여 살펴야 할 것이다.

지금 내가 너를 처가에 보내는 것은 풍속에 따라 처가에서 아내를 맞이하는 예를 위하여 그런 것이 아니고, 윤장尹丈이 다행히 그 이웃에 있어서 행여 너에 대한 훈도의 바람이 있어서이니라. 마땅히 날마다 나아가서 문후 올리고, 지금 읽고 있는 『논어』로 조만간 가르침을 청해야 할 것이다. 집에 있을 때처럼 쓸데없이 바깥출입이나 하면서 시간을 허송하지 말거라. 만일 어른들이 예우하지 않는 사람이 되면 장래에 발붙일 곳이 없을 터이니 조심하고 조심하여라.

□ 집에 있을 때 자잘한 행동일지라도 주의해서 해야 하며, 거만하거나 제멋대로 하거나 게을러서는 안 된다. 말할 때는 살펴서 이치에 합당하게 해야지 실없이 희롱하거나 떠들썩해서는 안 된다.

□ 모든 일에는 겸손하고 공손해야지 남을 업신여겨 스스로 치욕을 불러들여서는 안 된다.

□ 지나친 과음으로 다음날 공부를 그만두는 일이 있어서는 안 된다. 게다가 술 때문에 말실수를 하여 제 체면을 잃고 남에게 거슬릴까 염려되니 더욱더 깊이 경계하여야 한다.

□ 남의 잘못이나 다른 집안의 잘잘못을 입에 올려서는 안 된다. 나를 찾아와 그런 것을 알려 주는 사람이 있어도 절대

대꾸하지 말아야 한다.

□ 벗을 사귈 때는 특히 사람을 잘 가려야 하는데, 비록 같은 문하에서 배우는 이라도 친하게 지내고 소원하게 지낼 사람을 구분하지 않을 수 없다. 이 모든 것을 선생에게 여쭈어서 가르쳐 주시는 대로 따라야 할 것이다. 무릇 사람됨이 중후하고 성실하며 내 잘못을 지적해 주는 이는 유익한 벗이요, 아첨하고 경솔하고 오만하고 예의 없고 악행을 저지르도록 유도하는 자는 해로운 벗이다. 이것으로 헤아려 보면 5할이나 7할은 알아 낼 것이며, 다시 물어서 살펴본다면 백에 하나도 실수가 없을 것이다. 다만 염려스러운 것은 자신의 뜻이 높은 데 있지 않아서 사욕을 극복하여 선을 좇지 못할 경우, 유익한 벗은 소원해지를 바라지 않아도 더욱더 멀어지고, 해로운 벗은 가까워지기를 기다리지 않아도 날로 친밀해질 것이라는 점이다. 그러므로 이것을 상세히 살펴서 바로잡아야지 점차로 물들어 스스로 소인의 영역으로 달려가서는 안 된다. 그렇게 되면 비록 현명한 스승이나 어른이 있더라도 자기를 구제해 줄 수 없게 될 것이다.

□ 남의 아름다운 말이나 착한 행실을 보면 높이고 흠모하면서 기록해 두어야 하며, 남의 좋은 글을 보았으면 빌려와서 숙독하거나 옮겨 적어 놓고 물어서 그와 같이 되고야 말겠다는 생각을 해야 한다.

이상의 여섯 조목은 주자朱子가 자식을 가르쳤던 글이니, 며칠

동안 외우고 생각하여 실천에 옮겨야지 종이 위의 진부한 말로
보아 넘겨서는 안 될 것이다.

안정복 安鼎福(1712~1791)은

조선의 학자로, 자는 백순百順, 호는 순암順菴 · 한산병은漢山病隱 ·
우이자虞夷子 · 상헌橡軒, 본관은 광주廣州, 시호는 문숙文肅이다. 성호
星湖 이익李瀷의 문하로 근기실학近畿實學의 대표적 학자의 한 사람이
며, 문집으로 『순암집』이 전하고 있다.

이 편지는 처가로 아내를 맞이하러 가는 아들 학學(뒤에 경증景曾으로
개명)에게 1747년(영조 23)에 써 준 것인데, 부부간의 공경과 처신의 신
중함에 대해 일러 주고 있다.

오륜의 순서는, 부자유친父子有親, 군신유의君臣有義, 부부유별夫婦有
別, 장유유서長幼有序, 붕우유신朋友有이다. 이 다섯 가지에서 부부유
별이 그 중심에 있는데, 모든 인륜이 다 부부 사이에서 비롯되기 때문
이라 한다. 부부 없이 어찌 부자 · 군신 · 장유 · 붕우가 있을 수 있겠
는가.

그럼 부부유별이란 무엇인가? 여기에는 대략 두 가지 유력한 설이
있다고 한다. 하나는, 남편은 아내의 집안일에 대해서, 아내는 남편의
바깥일에 대해서 분별을 두어 서로 존중해 준다는 것이다. 다른 하나
는, 남편은 아내와 다른 여자를 분별하고, 아내는 남편과 다른 남자를

분별하여 각자 상대를 아끼고 존중하면서 남편으로서 아내로서의 도리를 다한다는 것이다. 이렇게 본다면, 부부유별이란 분별을 통해서 상대를 아끼고 존중함으로써 하나가 되는 것으로 볼 수 있다.

아들에게 주는 시를 한 편 더 보자. 일상생활에서 지켜야 할 도리를 일러 주는 시이다. 제목은 「자식에게 보이다(示家兒)」이다.

군자는 큰소리치지 않으니	君子不夸言
큰소리에는 알맹이가 없단다	夸言無其實
성인이 큰 길 보여 주셨으니	聖人示周行
진실함과 정신집중이란다	無妄與主一
평생 조심하는 마음 가져야	平生臨履意
타고난 본성 지킬 수 있단다	可以保性質
너와 관련된 수많은 일들도	身外百千事
조심하면서 처리해야 할 것이다	視此以爲律
집에 있을 때는 스님처럼 하고	居家如釋子
마을에서는 아낙네같이 하라	處鄕如閨婦
아낙네는 늘 사람을 두려워하고	閨婦恒畏人
스님은 가난을 싫어하지 않는다	釋子不嫌婁
담박하여 욕심 없고 몸가짐 삼가면	淡泊而謹愼
근심걱정 면하고 살아가리니	出入免憂懼

너를 경계하고 또 스스로 경계하여　　　　　　戒爾又自警

눈 먼 봉사는 아니 되었으면 한다　　　　　　聊欲代矇瞽

자상한 아버지 엄격한 아버지

『아동기년我東紀年』 두 권을 지었는데 실로 소략함이 많으니 절로 탄식이 나오는구나. 비록 이와 같지만 참고하는 데에는 좋을 것이니, 뇌아賴兒에게 주어 늘 보게 해야 할 것이다. 나이 젊어 총명할 때 반드시 읽어 두어야 할 것이기 때문이니라. 『박씨가훈朴氏家訓』 한 책은 잘 가지고 올라갔느냐? 조상의 휘諱(죽은 이의 이름)에는 푸른 종이를 붙이는 게 어떻겠느냐? 이 책은 절대로 다른 이에게 빌려주어서는 안 될 것이니, 쉬이 잃어버릴까 봐 걱정되어서다. 『소학감주小學紺珠』는 간신히 베껴 쓴 것인데 그만 잃고 말았으니, 어찌 정말 아깝지 않으랴. 네가 서책에 무성의한 것이 이와 같아서 늘 개탄스럽구나.

나는 공무 여가에 틈이 좀 나면, 늘 글을 짓거나 혹은 서첩을 앞에 두고 본떠서 글씨를 써 보곤 하는데, 너희들은 한 해가 끝나도록 자기 사업으로 삼아서 애쓰는 게 도대체 어떤 일이냐? 나는 근래 4년간 『자치통감강목資治通鑑綱目』을 숙독하여 처음부터 끝까지 두세 번을 반복하여 읽고 있는데, 늙은 탓에 책을 덮기만 하면 바로 잊어버리는지라 할 수 없이 작은 책자 하나를 만들어 초록하고 있다. 이 일이 비록 매우 중요한 일은 아니지만, 가만히 있으면 몸이 근질근질하여 그만둘 수 없구나. 너희들이 하는 일 없이 허송세월하고 있는 것을 생각할 때마다 이 아비 어찌 안타깝지 않으랴. 한창 나이에도 이러하니 늙어서는 어떻겠느냐. 너희들의 소행이 우습고 우습구나.

고추장 작은 항아리 하나 보내니 사랑방에 두었다가 끼니마다 곁들어 먹으면 좋을 게다. 내가 손수 담갔는데 아직 푹 익지는 않았다.

박지원 朴趾源(1737~1805)은

조선의 문인·학자로, 자는 미중美仲·중미仲美·미재美齋, 호는 연암燕巖·연상煙湘·열상외사洌上外史, 본관은 반남潘南, 시호는 문도文度이다. 1780년 중국을 다녀와 지은 『열하일기』가 유명하고, 문집으로 『연암집』이 있다.

그는 56세가 되던 정조 16년(1792) 안의安義(지금의 경남 함양군 안의면) 지방의 현감으로 부임한 적이 있는데, 이 글은 이 안의 현감 시절에 자식들에게 보낸 편지이다. 자식들이 읽을 책을 손수 짓고 베껴 써 주는 아버지의 자상함, 책을 소홀히 간수하고 세월을 허비하는 아들을 책망하는 아버지의 엄격함이 엿보이는 글이다.

※ 원제 아이들에게 부치는 안부편지(寄兒輩平書) 원문보기 p234_44

　권세가 한 세상을 덮고 있다고 해도,　교만하거나 제 분수에 편안해 하지 않거나 오로지 남의 허물이나 말한다면, 이 중에 하나만 가지고 있어도 혹 망하지 아니함이 없을 게다.

　공자孔子께서 이르시길, "은덕으로 은덕을 갚고, 정직함으로 원한을 갚아야 한다" 하셨다. 은덕과 원한에 있어서는 반드시 이 말을 명심하여 혹시라도 어기지 말아야 한다.

　내가 다른 사람에게 빌린 것이 있다면 약속한 때에 맞추어 꼭 갚아라. 다른 사람이 나에게 빌린 것이 있다면 비록 약속한 때 갚지 못했더라도 다그치지 말아라.

　세상 사람들은 모두 저마다 제 생각을 가지고 있는데, 남들에 대해서는 그것을 아예 인정치 않고 이해하려 하지 않으니, 이는 참으로 어리석은 것이다.

　세간의 많은 일들이 대개가 모임 때문에 일어난다. 그러므로 모임은 크든 작든 참여하여서는 안 된다. 소강절邵康節이 말하기를, "모임에는 네 가지 가지 않는 곳이 있고, 때에는 네 가지 나가지 않는 때가 있다”[1] 하였는데, 나는 네 가지 뿐만이 아니라고 이르노라.

밖으로는 부드럽고 안으로는 굳세며, 말을 겸손하게 하고 행실을 바르게 하는 것은, 내가 평생 지켜 온 것으로 아마도 내 기질적으로 타고난 듯하다.

사람들은 모두 자기만을 이롭게 하고자 하여 조그만 이득을 차지하여도 기뻐서 어쩔 줄 모른다. 그러나 이利와 해害는 꼭 서로 붙어 다니는 것들이다. 눈앞의 이득만 알고 자기를 상하게 하는 무궁한 해가 있는 줄을 알지 못하니, 참으로 안타깝고 위험천만이다.

사람의 병통은 남에게 구하는 것을 좋아하는 데 있는데, 물건의 매매라는 것이 있으니 구차스럽게 남에게 구할 필요가 어디에 있겠느냐? 만약에 사려고 해도 살 수 없고, 그러나 꼭 필요한 것이라면 이때에는 남에게 구해야 하겠으나, 이 경우에도 사람을 살펴서 구하지 않으면 안 될 것이다.

사람으로 가장 경계해야 할 것이 어디에 있겠느냐? 자기의 가난을 말하면서 한탄하는 것에 있다. 가난하다고 한탄하여 말한다고 가난에서 벗어날 수 있는 것도 아니고, 또 그런 말을 듣는 자들은 겉으로는 그 자리에서 불쌍히 여길지 모르지만 안으로는 실제 천시하고 업신여길 따름이니, 도대체 무슨 도움이 되겠느냐? 또 관직에 있으면서 다른 사람에게 걸핏하면 봉록이 적다고 투덜거리면서 돈을 빌리는 자들이 도처에 허다한데, 나는 차마 이런 짓을 못하노라.

겉으로는 청렴한 척하면서 안으로 탐욕스러운 자, 겉으로는 청탁을 물리치는 척하면서 몰래 사사롭고 사악한 짓을 저지르는 자는, 좀도둑질을 하는 자와 무엇이 다르랴!

내 일찍이 사람이 빈천하더라도 행하여서는 안 되는 것 세 가지가 있다고 여겼다. 친지가 관리로 있는 곳에 찾아가는 게 그 하나이고, 처향妻鄕에 사는 게 또 그 하나이고, 남의 스승이 되어 그에게 의지하는 게 남은 그 하나이다.

아는 자가 지방의 외직外職에 임명되었다면 그를 찾아가서는 안 된다. 만약에 교분상 축하하지 않을 수 없을 경우에는 다른 사람을 보내는 게 옳다.

사람들은 대부분 남들과 어떻게 이야기해야 할지 몰라서 바른 사람과 이야기하기를 바르지 않은 사람과 이야기하듯이 하고, 올곧은 사람과 이야기하기를 올곧지 않은 사람과 이야기하듯이 하니, 이야기를 서로 나눈들 무슨 도움이 되랴! 속이 좁아서 도리에 어긋나게 벌컥벌컥 화를 내는 자들과는 또 무슨 말을 나누랴!

말을 하고 일을 처리할 때는 이치로 헤아리고 성현을 법도로 삼아야 할 것이니, 이와 같이 하면 아마도 큰 잘못에는 빠지지 않을 것이다.

부자와 형제와 부부는 집안의 아주 친숙한 관계이니, 평소의 언행과 마음과 호오好惡(좋아함과 싫어함)에 대해 의당 알고 있지 않은 바 없을 터인데도, 혹 서로 알지 못하거나 서로 믿지 못하는 경우가 있기도 하다. 하물며 군신君臣과 친구간에 있어서는 어떻겠느냐? 연燕나라 소왕昭王이 장군 악의樂毅를 굳게 믿었던 것과, 제齊나라 포숙鮑叔이 관중管仲을 한결같이 믿었던 것은 천 년에 한 번 나올까 말까 한 경우다.

옛사람은 말할 때 쉽고도 쉽게 하였고, 지금 사람들은 말할 때 어렵고도 어렵게 한다. 옛사람들은 곧이곧대로 말하였으나 사람들이 옳게 여겼고 이상하게 여기지 않았다. 그런데도 말을 삼가고 신중히 하였다. 지금 사람들은 요모조모 헤아려서 말하지만, 말이 채 끝나기도 전에 말로써 허물을 얻는다. 그러므로 입을 삼가지 않음으로 인한 탄식이 많은 것이다. 만약에 옛사람이 지금 세상에 있다면 그 전전긍긍하며 조심함이 어떠했겠느냐?

윤기 尹愭(1741~1826)는

조선의 문신 · 학자로, 자는 경부敬夫, 호는 무명자無名子, 본관은 파평坡平이다. 성호 이익의 문인으로, 52세 때 비로소 과거에 급제하여 출사하였다. 문집으로 『무명자집』이 전하고 있다.

이 글은 무명자가 아버지 윤광보尹光普의 생전 가르침을 15가지로 정리해 놓은 것으로, 일상생활에서 어떻게 처신해야 할지를 고민하는 사람이라면, 하나하나 모두 다 깊이 음미해 볼 만한 것들이다.

1)강절은 송나라 때의 학자 소옹邵雍의 시호이며, 그의 「사사음四事吟」 시에, "모임에는 네 가지 가지 않는 곳이 있고, 때에는 네 가지 나가지 않는 때가 있네. 귀함도 없고 천함도 없으며, 고집함도 없고 기필함도 없네. 마을에 방문하거나 교유하는 게 적으니, 몸도 편안하고 마음도 절로 편안하네. 이와 같이 삼십 년을 지내니, 다행히 태평세상 만났다네(會有四不赴, 時有四不出. 無貴亦無賤, 無固亦無必. 里閈閑過從, 身安心自逸. 如此三十年, 幸逢太平日)" 하였다. 여기서 네 가지 가지 않는 곳이란 공회公會(관청의 연회), 생회生會(생소한 연회), 광회廣會(사람 많고 복잡한 연회), 취회醉會(술 마시는 연회)를 이르며, 네 가지 나가지 않는 때란 대한大寒(큰 추위), 대서大暑(큰 더위), 대풍大風(큰 바람), 대우大雨(큰 비)를 이름.

※ 원제 아버지의 가르침(庭誡) 원문보기 p235_45

내가 없더라도

편지를 받고서 또 한 달이 지났구나. 너희들은 늘 내가 전계傳啓 (죄인의 이름을 기록한 명단)에서 이름이 빠지는 때를 돌아올 날로 기약하고 있겠지. 그런데 이미 전계에서는 이름이 빠졌으나, 또 부府에서 공문을 보내지 않아 쉽게 떠나지 못할 듯하구나. 하늘의 거울은 어두운 곳도 비추지 않는 일이 없어, 구덩이에서 건져 편안한 자리에 둘 것이니, 또 어찌 곧바로 돌아가지 못한다고 한스럽게 여길 수 있겠느냐? 자연스레 풀려날 때가 있으리니, 사람의 힘으로 할 수 있는 게 아니다.

다만 너희들이 독서를 즐기지 않아 아비가 못 다 이룬 사업을 계승하지 못하는 게 한탄스럽구나. 어찌하면 늙은 아비에게 허물이 없게 할 수 있겠느냐? 듣자니 집을 팔았다더구나. 나는 집안일에 얽매이고 싶지도 않고, 또한 여기에 있어서 내 뜻처럼 할 수도 없구나. 나는 만약 돌아가면 팔도를 구름처럼 유람할 것이다. 내 스스로 살아갈 계책은 있으니, 너희들은 나를 염려할 필요가 없다.

의리를 찾아서 밝히는 데 쉬지 않고 부지런히 하여, 입고 먹는 것에 동요되지 않도록 하거라. '밭을 갈아도 굶주림이 그 속에 있다'[1]는 가르침은 진실로 데면데면하게 들어서는 안 된다.

만약 시골에서 살려면 부여도 괜찮을 게다. 내 스스로 선善에 거처하고 책을 읽어 스스로의 마음을 위로하며, 일체의 세상맛에 이르러서도 인정과 인연을 끊어 버린다면, 신선의 경지와 거리가 멀지 않다고 할 수 있다. 다만 곁에서 나를 일깨우는 사람이 없으면 겸연쩍게 웃으며 중도에 그만둘 것이니, 날마다 옛 성현을 마주하고 하루하루 때맞춰 밥을 먹으면 안색이 예전에 비해 훨씬 좋아질 게다. 그러니 이 밖에는 무엇이 한스럽겠느냐!

부여 이상국의 정자는 부서지긴 했으나 그 아래 맑은 못은 경치가 빼어날 것이니, 네가 방문해 보거라. 네가 반드시 다른 지방을 구하지 않고, 온 가족이 가서 내 밭을 갈면 굶주리는 지경에는 이르지 않을 게다. 절약하고 검소하게 하여 고기를 먹으려 하지 않는다면 저축할 수도 있을 게다. 그러니 어찌 염두에 두지 않겠느냐!

조선의 학자로, 자는 재선在先·수기修其·차수次修, 호는 초정楚亭·위항도인葦杭道人·위항외사葦杭外史·정유貞蕤, 본관은 밀양密陽이다. 신분은 비록 서출이었으나 어려서부터 시명詩名을 떨쳤다. 박지원朴趾源·이덕무李德懋 등과 교유가 깊었으며, 저서로『정유각집』·『북학의』등이 있다.

그는 1801년 신유사옥에 연루되어 함경도 종성부鍾城府에 유배된 바 있는데, 이 편지는 이 시기 장남 박장임朴長稔에게 당부 삼아 써 준 편지이다. 그리고 그는 유배지에서 풀려나면 '팔도를 구름처럼 유람하겠다'고 하였으나, 1805년 3월에 유배지에서 풀려났다가 4월에 세상을 뜨고 만다. 그러니 이 편지는 아들에게 남긴 일종의 유언이 된 셈이다.

1)『논어』에서, "밭을 갈아도 굶주림이 그 속에 있을 수 있다(耕也, 餒在其中矣)" 하였는데, 열심히 밭을 갈아도, 즉 열심히 노력하여도 천재지변 같은 인간의 한계를 초월하는 불가피한 상황에 이를 수 있다는 말임.

▧ 원케 임아에게 부치다(寄稔兒) 원문보기 p237_46

근면과 검소

육자정陸子靜(송나라 때의 학자 육구연陸九淵)은 "우주간의 일은 바로 제 분수 안의 일이요, 제 분수 안의 일은 바로 우주간의 일이다" 하였다. 대장부라면 하루라도 이러한 생각이 없어서는 안 되니, 사람의 본분은 절대 소홀히 해서는 안 되는 것이다.

사대부의 마음은 비 개인 뒤의 상쾌한 바람이나 밝은 달처럼 깨끗해야 한다. 위로는 하늘에 부끄럽지 않고 아래로는 사람에게 부끄럽지 않다면 저절로 몸과 마음이 편안해지면서 호연지기를 가지게 된다. 만일 포목 몇 자나 동전 몇 닢 때문에 잠깐이라도 양심을 저버린다면 곧바로 이 호연지기가 줄어든다. 이것이 바로 사람이 되느냐 귀신이 되느냐의 까닭이니, 너희들은 깊이 경계해야 할 것이다.

말을 조심하지 않으면 안 된다. 전체가 완전하더라도 구멍 하나가 샌다면 이는 바로 깨진 옹기그릇이다. 백 마디가 믿을 만하더라도 한 마디의 거짓말이 있다면 참된 사람이 못 되니 깊이 경계하지 않을 수 있겠느냐! 말을 떠벌리며 과장하는 자는 사람들이 믿어 주지 않으니, 빈천할수록 더욱더 말을 삼가야 한다.

우리 집안은 선대부터 붕당에 관계하지 않았다. 하물며 어려울 때 고통스럽게도 옛 친구가 연못에 밀어 넣고 돌팔매질하는 경우까지 당했음에랴! 너희들은 내 말을 명심하여 사사로이 무리 짓고자 하는 마음을 깨끗이 씻어 버려야 할 것이다.

큰 흉년으로 굶어죽은 자가 수만 명이나 되자 하늘을 의심하는 사람도 있으나, 내가 굶어죽은 사람들을 살펴보니 대체로 모두가 게으른 자들이었으니, 하늘이 게으른 자를 미워하여 벌을 내리신 것이다.

나는 전답을 물려줄 만한 벼슬은 하지 못했다만 두 글자만으로도 너희들 삶을 넉넉히 하고 가난을 구제할 수 있겠기에 일러 주니 소홀히 여기지 마라. 한 글자는 '근勤(근면)'이요, 또 한 글자는 '검儉(검소)'이다. 이 두 글자는 비옥한 전답보다 더 나으니, 그 소출은 평생 쓰고 써도 남아돌 것이다.

'근勤'이란? 오늘 할 수 있는 일을 내일로 미루지 않고, 아침에 할 수 있는 일을 저녁으로 미루지 않고, 갠 날에 해야 할 일을 비 오는 날까지 끌지 말고, 비 오는 날 해야 할 일을 갠 날까지 질질 끌지 말고, 늙은이는 앉아서 감독하고, 어린아이는 다니면서 심부름하고, 젊은이는 힘든 일을 하고, 아픈 사람은 지키는 일을 하고, 아낙네는 한밤중이 되기 전 잠자리에 들지 않고, 이렇게 집안에서 남녀노소 할 것 없이 한 사람도 놀고 먹는 식구가 없고 한순간도 한가한 시간이 없이 힘써 일하는 것을 '근면'이라 한다.

'검儉'이란? 옷은 몸을 가리기만 하면 된다. 겉보기 좋게 만든 옷은 일단 해어지기만 하면 참으로 볼품없게 된다. 그러나 거친 베로 만든 옷은 비록 해어진다 해도 그렇지는 않다. 따라서 한 벌의 옷이라도 만들 때마다 이후로도 계속 입을 수 있느냐 없느냐 하는 것을 생각하지 않으면 안 되는 것이다. 음식은 목숨을 부지

시켜 주면 그만이다. 제 아무리 맛있는 음식도 일단 입 안으로 들어가기만 하면 더러운 물건이 되고 마니, 목구멍으로 넘기기도 전에 사람들은 더럽다고 침을 뱉을 것이다.

사람이 천지간에 살면서 귀하게 여길 것은 성실함이니 절대 속임이 없어야 한다. 하늘을 속이는 것이 가장 나쁘고, 임금을 속이고 어버이를 속이는 데서부터 농부가 농부를 속이고 상인이 상인을 속이는 데까지 모두 나쁜 짓이다. 오직 하나 속여도 괜찮은 게 있으니 그것은 바로 자기의 입이다. 거친 음식으로 속이더라도 잠깐이면 입 속을 지나가고 만다. 올 여름 내가 다산茶山에 있을 때 상추로 밥을 싸서 먹으니 어떤 손님이 묻더구나.

"쌈을 싸서 먹는 게 절여 먹는 것과 다른가요?"

내가 대답했다.

"이것이 내가 입을 속이는 방법이라네."

밥을 먹을 때마다 이런 생각을 가져야 하느니라. 정력과 지혜를 짜내어 뒷간에다 충성을 바칠 필요가 무에 있겠느냐! 이는 눈앞의 궁한 처지에 대처하는 방편일 뿐만 아니다. 부귀가 하늘에 다다랐다 해도 사군자士君子가 집안을 다스리고 몸을 바르게 하는 방법으로 이 '근勤'과 '검儉' 두 글자를 놓아두고 어디서부터 시작할 수 있겠느냐. 명심하여라.

🪴 정약용 丁若鏞(1762~1836)은

조선의 문신·학자로, 자는 귀농歸農·미용美鏞·송보頌甫, 호는 사암俟菴·다산茶山·여유당與猶堂·자하도인紫霞道人, 본관은 나주羅州, 시호는 문도文度이다. 문집으로『여유당전서』가 있다. 정조 사후에 전라도 강진康津 등지에서 18년 동안 유배 생활을 하였다.

이 글은 다산이 유배지 강진에 있을 때 아들에게 보낸 편지이다. '근勤'과 '검儉' 두 글자를 유산으로 물려주고, 여기에 힘쓰라는 당부를 담은 글이다.

예로부터 "독서와 근검은 집안을 일으키는 근본이다(讀書勤儉, 起家之本)" 하였으니, 근검의 강조는 다산만이 한 것도 아닐 터이고, 자식들도 전혀 모르는 바는 아니었을 게다. 그러나 다산이 아버지로서 이처럼 강조하고 강조한 것은 강조하지 않으면 안 되어서일 터이고, 머나먼 곳으로부터 이 말을 전해들은 자식들의 감회와 각오 역시 남달랐으리라.

▨ 원제 두 아들에게(又示二子家誡) 원문보기 p237_47

소라 껍데기가 온 날

농아農兒는 곡산谷山에서 잉태하였는데, 기미년(1799) 12월 2일에 태어나 임술년(1802) 10월 30일에 죽었다. 발진이 나서 마마가 되더니, 마마가 다시 악창이 되었다. 나는 강진에서 귀양살이하고 있어서 글을 지어 그 아이의 형에게 보내어 곡하게 하고 무덤에서 읽어 주게 하였다. 농아를 곡하는 글은 이러하다.

네가 세상에 나왔다가 세상을 떠난 게 겨우 세 해뿐이었으니, 나와 헤어져 지낸 게 두 해이다. 사람이 60년을 산다고 하면 40년을 아비와 헤어져 지낸 셈이니, 그것이 참으로 슬프구나.

네가 태어났을 때 내 근심이 깊었기에 네 이름을 '농農'이라 지었고, 얼마 뒤 집안 형편이 내 근심한 대로 되어 네가 살 길은 정말 농사밖에 없게 되었는데, 그래도 그렇게 하는 게 죽는 것보단 나은 것이다. 내가 죽었더라면 기쁘게 황령黃嶺을 넘고 열수洌水(한강)를 건넜을 게다. 그렇다면 나는 죽는 게 사는 것보다 낫다고 하겠다. 나는 죽는 게 사는 것보다 나은데도 살아 있고, 너는 사는 게 죽는 것보다 나은데도 죽었으니, 내 뜻대로 할 수 있는 게 아니구나.

내가 네 곁에 있었더라도 네가 꼭 살 수 있었던 건 아닐 터이나, 네 어머니의 편지를 보니,

"아버지께서 제 곁으로 돌아오셨더라도 발진이 나고 마마에 걸렸을 겁니다."

하고 네가 말했다더구나. 네가 무엇을 헤아려서 그런 말을 했겠냐마는, 너는 아비가 돌아오면 의지할 수 있으리라 여겼던 게로구나. 그런 네 소원을 이뤄 주지 못했으니, 그것이 참으로 슬프구나.

신유년(1801) 겨울, 과천의 객점에서 네 어머니가 너를 안고 나를 전송했었는데, 네 어머니가 나를 가리키며,

"저분이 네 아버지야."

했더니, 너도 따라서 나를 가리키며,

"저분이 내 아버지야."

했었다지. 그러나 너는 아버지가 아버지인 줄을 알지도 못했을 터이니, 그것이 참으로 슬프구나.

이웃 사람이 가는 길에 소라 껍데기 두 개를 보내 너에게 주라고 했더랬다. 네 어머니의 편지를 보니, 네가 강진에서 사람이 올 때마다 소라 껍데기를 찾다가 얻지 못하면 서운해하곤 했는데, 죽을 때가 되어서야 소라 껍데기가 왔더라고 써 있더구나. 그것이 참으로 슬프구나.

네 모습은 조각처럼 예뻤다. 코 왼편에는 작은 점이 있었고, 웃을 때면 양쪽 어금니가 뾰족했었지. 아아! 나는 오직 네 모습만 생각하며 거짓 없이 너에게 알리노라.

집에서 온 편지를 보니, 생일날 묻었다 한다.

 글이다. 세 살배기 어린 아들을 저승으로 떠나보낸 아버지의 슬픔이 짙게 배어 있다. 다산은 이 글 뒤에, "모두 6남 3녀를 낳았는데, 그 가운데 4남 2녀를 마마로 잃었다"고 기술하였다. 아홉 명의 자식 가운데 여섯 아이를 모두 마마로 잃은 것이다. 마마, 즉 천연두는 지금은 사라진 전염병이지만 예전에는 어린아이에게 치명적인 질병이었다. 의학에도 밝았던 뛰어난 학자인 다산이었건만 이 마마에는 속수무책이었다. 자식들을 줄줄이 저승으로 떠나보낸 아버지 정약용은 뒷날 마마 치료법을 정리한 『마과회통麻科會通』이란 책을 짓기도 하여, 마마로 일찍 죽은 자식들을 안타까워하는 마음을 달래었다.

🪴원제 농아의 광지(農兒壙志) 원문보기 p239_48

스스로 터득하라

시를 짓는 것은 무엇보다도 스스로 마음에서 깨달음이 있어야 하니, 이를 입으로 깨우쳐 주거나 붓으로 전해 줄 수는 없다. 소동파蘇東坡(소식蘇軾)와 황산곡黃山谷(황정견黃庭堅) 두 사람의 시집을 가져다가 숙독하고 정독하여 천 번 만 번이 되면, 신명神明이 나타나 자기에게 일러 주는 듯한 묘한 깨우침이 있게 될 것이다.

가장 기피해야 할 것은 마음이 거칠어지는 것이다. 그 다음은 빨리 이루고자 하는 것이다. 그 다음은 맨손으로 용을 잡으려는 것 같은 무모함이다.

백수의 왕인 사자는 큰 코끼리를 잡을 때도 온 힘을 다하고, 작은 토끼를 잡을 때도 온 힘을 다한다. 너희들도 이처럼 온 힘을 다해야 터득하는 게 있을 것이다.

김정희 金正喜(1786~1856)는

조선의 문신·학자·서화가로, 자는 원춘元春, 호는 완당阮堂·추사
秋史·예당禮堂·과파果坡·노과老果 등 다수, 본관은 경주慶州이다.
실사구시의 학문을 주장하였고, 추사체라는 독특한 서풍書風을 개척
하였다. 문집으로 『완당집』이 있다.

그에게는 상우商佑라는 아들 하나밖에 없었는데, 상우가 서자였던
관계로 나중에 상무商懋를 양자로 맞아들였다. 이 글은 이 두 아들이
지은 시를 보고 난 뒤, 시 짓는 법에 대한 일깨움을 주는 글이다.

장인匠人이 제자에게 그 방법을 일러 줄 수는 있을지언정 그 솜씨마
저 묘하게 할 수는 없다 하였다. 묘한 솜씨는 바로 그 자신이 오랜 경
험과 각고의 노력으로 스스로 터득해야 하는 것이다. 추사가 두 아들
의 시권을 읽고 그 감회를 피력한 이 글도 그 속뜻이 여기에 닿아 있
다.

끝 부분의 '사자는 코끼리를 잡을 때도 온 힘을 다하고, 토끼를 잡을
때도 온 힘을 다한다'는 말은 원래 『열반경』에 나오는 경구警句이다.
중요하고 큰 것이든 작고 사소한 것이든 모든 일에 노력과 정성을 다
하라는 당부이다.

※ 원제 아이들의 시권 뒤에 쓰다(題兒輩詩卷後) 원문보기 p240_49

아들의 첫돌

모년 모월 모일은 아들의 첫돌이다. 목욕을 시켜 새 옷을 입힌 다음, 그 앞에 소반을 펴놓고 놀잇감(돌잡이 물건)을 늘어놓고는, 아비가 머리를 쓰다듬으며 축하의 말을 하노라.

"옛날에는 포대기에 싸인 아이도 가르쳤나니, 나도 너를 덕으로 송축하련다. 나는 네가 책에 펼쳐져 있는 성현의 도를 배우기를 바라나니, 너는 먼저 책을 집어라. 성현의 도를 배웠더라도 문사文辭가 아니면 지난날을 서술하고 앞날을 열 방법이 없나니, 너는 그 다음으로 붓과 먹을 쥐어라. 문장을 지었더라도 천하를 경영하려는 뜻이 없을 수 없나니, 너는 그 다음으로 활과 화살을 잡아라. 뜻이 있더라도 나는 네가 이것으로 당세에 쓰이기를 바라나니, 너는 그 다음으로 고신告身(관리 임명장)을 취하여라. 등용되었다면 반드시 저 백성들을 입히고 먹여야 하나니, 이에 실과 쌀을 잡아라. 백성들이 제자리를 얻었다면 군자는 음식을 차려 잔치를 벌이며 즐기되 뭇 사람들과 그것을 함께해야 하나니, 이에 떡을 쥐어서 사람들에게 나누어 주어라. 천하가 편안해졌다면 공도 이루어졌고 즐거움도 극에 다다른 것, 군자는 만족하여 그칠 줄 아나니, 이에 소반과 놀잇감을 치우고 유모를 불러 젖을 먹이노라."

축하의 말을 마치자 자리에 있던 사람들이 모두, "아름답도다!

좋은 송축이고 좋은 축원이로다" 하였다. 이것을 기록해 두었다가 그 아이가 장성할 때를 기다려 보여 주려 하노라.

홍길주洪吉周(1786~1841)는

조선의 문인으로, 자는 헌중憲仲, 호는 항해沆瀣·현산자峴山子·현수자峴首子, 본관은 풍산豊山이다. 19세기의 뛰어난 문장가이며, 『현수갑고峴首甲稿』·『표롱을첨縹礱乙㦿』·『항해병함沆瀣丙函』 등의 문집이 있다.

이 글은 첫돌을 맞은 아들을 위해 쓴 것으로, 아들의 평생이 이러이러했으면 하는 아버지의 마음을 담고 있다. 먼저 책을 읽고 글 쓰는 법을 배움으로써 자기 계발을 하고, 그런 다음 자기 계발을 바탕으로 관리로 진출하되, 개인적인 욕망을 추구하기보다는 온 백성들과 그 즐거움을 함께하라 하였다.

요즘의 돌잔치와는 사뭇 다른 풍경이다. 아이가 돈을 집도록 유도하고, 돈을 집지 않고 다른 것을 집으면 못내 서운해하며 억지로라도 돈을 쥐어 주는 현실이 서글프게 느껴진다.

▨ 원제 아들의 첫돌을 축하하는 말(孩兒初度祝語) 원문보기 p240_50

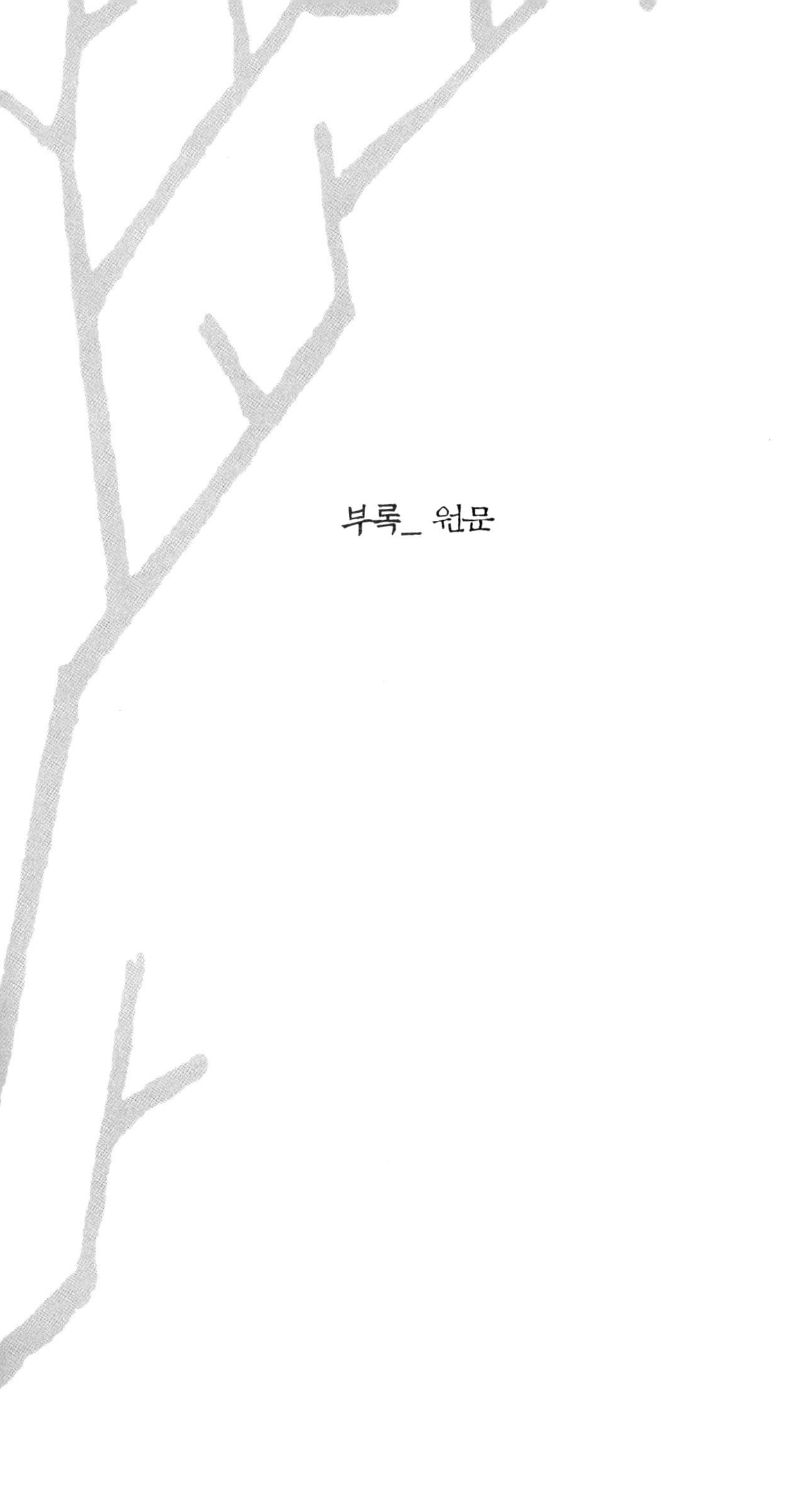
부록_ 원문

1. 辛丑三月三日送長子涵以洪州守之任有作 _ 李奎報

　桑楡景云迫, 泣別阿兒涵. 問汝向何處, 杳杳天之南. 專城
雖汝榮, 此別吾何堪. 安有大耄翁, 留待期年三. 懸知是永訣,
痛絕那容談. 好去好還朝, 公府坐潭潭, 毋或墮家聲, 人許某
家男. 眼前雖未見, 地下豈不諳. 淸白是第一, 其次愼而謙.

2. 用家兄詩韻寄示兒子訥懷 _ 李穀

　男兒須宦帝王都, 若欲致身均是勞. 汝識宣尼小天下, 只緣
身在泰山高.

　三十年前懶讀書, 虛名却嘆白頭餘. 汝今當惜分陰學, 富貴
可求緣木魚.

3. 名子說 _ 河崙

　木之生久, 則必聳乎巖壑, 水之流久, 則必達乎溟渤. 人之
學亦然, 久而不已, 則必至于有成. 名汝曰久, 汝其顧名而思
義. 毋敢放肆, 毋敢逸遊. 今日格一物, 明日格一物. 今日行
一善, 明日行一善. 日愼一日, 則可至于成人矣. 不然, 日損
日退, 必爲小人之歸矣. 汝其敬之, 汝其勉之.

4. 題四字銘示兒子吉川君踦 _ 權近

　公：公則不私, 心淸無欲. 事出至當, 是謂正直.
　勤：勤則不怠, 孜孜罔懘, 職無廢弛, 是謂忠賢.
　寬：寬則不苛, 事皆仁厚. 君子之德, 慶流于後.
　信：信則不妄, 持之以誠, 堅守其意, 毋自變更.

5. 子孫誡 _ 丁克仁

　學問之功, 大矣. 天子不學, 不能保四海, 諸侯不學, 不能
保社稷, 卿大夫不學, 不能保其家, 士庶人不學, 不能保其身.
稽古聖賢, 莫不從這裏過. 善乎王荊公勸學之詩曰, "只見讀
書榮, 不見讀書辱." 謹按本朝之制, 職任之勞且辱, 莫鄕吏
若也. 家勢本靈光鄕族, 微吾始祖諱瑨生員免鄕之功, 則吾其
爲方笠俯伏之勞且辱矣. 余幸以無似, 偶中司馬試, 二十餘年
竊食芹宮. 命途多舛, 屢屈科第, 退臥空谷, 若將終身者, 有
年矣. 辛未冬, 文宗朝, 誤被才學俱精之名, 成均望之, 禮曹
薦之, 特拜從仕郎守廣興倉副丞. 斯亦稽古之力, 而近古未有
之盛事也. 若等年皆未冠, 及是時, 强勉學問, 開發聰明, 則
公卿將相, 寧有種乎. 及是時, 逸豫怠惰, 茅塞良心, 則是自
求辱也. 嗚呼, 若等其思之, 詳味及字可也. 呂舍人曰, "指引
者, 師之功也, 行有不至, 從容規戒者, 朋友之任也, 決意而
往, 則須用己力, 難仰他人矣." 嗚呼, 若等其思之, 詳味往字
可也. 嗚呼, 聽用我謨者誰歟, 衰如充耳者誰歟.

6. 戒二子 _ 崔恒

坐忘子欲學神凝, 火宅奔趨惱鬱蒸. 蝸角是非憂轉劇, 龜毛得失病還增. 兢魂日接常流汗, 疊足台聯幾履氷. 怜我老衰甘瑟縮, 喜渠强壯易梯升. 已將實藝攀蟾桂, 何用浮文售鳳綾. 志節尋常須嶽立, 心源夙夜要淵澄. 麴生迷了魚貪餌, 妖物蠱來蛾撲燈. 一動或狂辜自速, 三緘乍放禍方興. 面諛預怕吹毛刃, 膚受周防利角菱. 守默勿嘲人短劣, 撝謙莫詫己才能. 居高唯念小心翼, 遇險但思攘臂仍. 清直他時收令譽, 恪勤何任患難勝. 我言維服勿爲笑, 子職當爲盍服膺. 空百萬群期電驥, 擊三千起擬雲鵬. 聞詩汝更終身誦, 言志吾徒信手憑. 善誘寧同過庭訓, 切磋猶待盍簪朋.

7. 病中示子安性 _ 朴元亨

今日樽前酒數巡, 汝年三十六靑春. 吾家寶物唯淸白, 要自傳傳無限人.

8. 家訓 _ 申叔舟

操心：人心無常, 操之則存, 舍之則亡. 心苟不存, 視而不見, 聽而不聞, 況敢知有是非邪正歟. 是故, 要令心在方寸間, 虛靈不昧, 然後, 其應之於事, 遇是非邪正而不亂矣. 夫心者, 一身之主宰, 目之於色, 非心不見, 耳之於聲, 非心不

196

聞, 百體之官, 莫不待心而行, 斯其所以爲主宰於一身者歟.
故欲正百體之官, 莫如先正主宰.

謹身 : 身不修, 不可以齋其家. 何以言之. 事父不盡其孝,
子之於我, 亦視我之於父, 事兄不盡其敬, 弟之於我, 亦視我
之於兄. 故使一身立於無咎之地, 然後, 父子兄弟夫婦之間,
莫不一於正. 推而至於君臣朋友, 特一轉移之間耳. ○謙讓恭
謹, 縱有非義相干, 亦當容之, 勿察察與較. ○血氣方剛, 戒
之在色, 色慾之害, 古人謂之伐性之斧斤. ○惟口出好興戎,
駟不及舌. 故古之愼言者, 三緘其口, 守口如瓶. ○誠於中,
形於外, 十目所視, 十手所指, 君子愼其獨也.

勤學 : 夫耳目挾, 而心廣者未之有也. 欲廣耳目, 莫如讀
書. 聖賢之道, 布在方册, 苟能立志旣堅, 循序而致精, 久久
自然有得. ○爲學之要, 只在收放心. 心在方寸間, 自然光明
四達, 照用有餘, 未有心不定而能進學者也. 收放心有要, 只
在於敬. ○人而不學, 正如墙面. 苟學矣, 不力行, 雖讀書萬
卷, 亦無所用. 故讀聖賢之書, 當求聖賢之心, 一一體之於
身.

居家 : 今俗父子兄弟, 罕有同居, 旣立門戶, 各有婢奴, 漸
成彼此, 遂致不睦, 爲父兄者, 固宜包容含忍, 寬裕慈仁, 不
爲瑣瑣苛細, 爲子弟者, 亦當舍小念大, 推誠相體, 孝友雍睦
而已. ○奢侈之害, 甚於天災, 家道旣窮, 鮮不爲濫. 故居家
以節儉爲先, 是非欲嗇財圖富. 家道若瞻, 其於養生送死, 救
患周急, 豈不需然有裕哉. ○族親者, 與我同源分派, 在先

祖, 視之如一. 苟因先祖積善餘慶, 得立門戶, 當思濟窮恤
孤, 以均先祖之慶. ○財悖而入者, 亦悖而出. 取之不義, 必
有天殃. 不義而富, 不若貧之爲愈. 故君子貴乎淸愼. ○女謁
所當先絕, 其昵比足以移人.

9. 訓子五說 _ 姜希孟

盜子說：民有業盜者. 敎其子盡其術. 盜子亦負其才, 自以
爲勝父遠甚. 每行盜, 盜子必先入而後出, 舍輕而取重. 耳能
聽遠, 目能察暗, 爲羣盜譽. 誇於父曰, "吾無爽於老子之術,
而强壯過之, 以此而往, 何憂不濟." 盜曰, "未也. 智窮於學
成, 而裕於自得. 汝猶未也." 盜子曰, "盜之道, 以得財爲功,
吾於老子, 功常倍之. 且吾年尙少, 得及老子之年, 當有別樣
手段矣." 盜曰, "未也. 行吾術, 重城可入, 祕藏可探也. 然
一有蹉跌, 禍敗隨之. 若夫無形跡之可尋, 應變機而不括, 則
非有所自得者, 不能也. 汝猶未也." 盜子猶未之念聞, 盜, 後
夜與其子, 至一富家. 令子入寶藏中, 盜子耽取寶物, 盜闔戶
下鑰. 攪使主聞. 主家逐盜返, 視鎖鑰猶故也. 主還內, 盜子
在藏中, 無計得出. 以爪搔爬, 作老鼠嚙嚙之聲. 主云, '鼠在
藏中損物. 不可不去.' 張燈解鑰將視之, 盜子脫走. 主家共
逐, 盜子窘. 度不能免, 繞池而走, 投石於水. 逐者云, "盜入
水中矣." 遮躝尋捕. 盜子由是得脫歸. 怨其父曰, "禽獸猶知
庇子息, 何所負, 相軋乃爾." 盜曰, "而後乃今汝當獨步天下

矣. 凡人之技, 學於人者, 其分有限. 得於心者, 其應無窮. 而況困窮怫鬱, 能堅人之志, 而熟人之仁者乎. 吾所以窘汝者, 乃所以安汝也, 吾所以陷汝者, 乃所以拯汝也. 不有入藏迫逐之患, 汝安能出鼠嚙投石之奇乎. 汝因困而成智, 臨變而出奇. 心源一開, 不復更迷. 汝當獨步天下矣." 後果爲天下難當賊. 夫盜賊, 惡之術也, 猶必自得, 然後, 乃能無敵於天下. 而況士君子之於道德功名者乎. 簪纓世祿之裔, 不知仁義之美, 學問之益, 身已顯榮, 妄謂"能抗前烈而軼舊業." 此正盜子誇父之時也. 若能辭尊居卑, 謝豪縱, 愛淡泊, 折節志學, 潛心性理, 不爲習俗所搖奪, 則可以齊於人, 可以取功名. 用舍行藏, 無適不然. 此正盜子因困成智, 終能獨步天下者也. 汝亦近乎是也. 毋憚在藏迫逐之患, 思有以自得於心可也. 毋忽.

啗蛇說 : 溟洲之地, 多彥仙藥. 藥局遣醫, 間一歲而採藥, 有一醫專是任, 頻往溟洲. 始至則藥夫指其徒之一二者曰, "此是啗蛇者也." 莫不齒冷. 食不供器, 坐不連席, 不以人類視之. 後間歲而往, 則嘲者漸微, 而前日之所謂啗蛇者, 親昵而莫忌. 又間歲而往, 則里無所謂啗蛇者, 而嘲笑之言已絕矣. 徐觀之. 人持釵頭木弓, 張弦小屈木, 入長林大谷中. 採藥遇蛇, 無問大小, 輒以弓釵按其首. 蛇仰首張唇, 遂以屈木弦挫之, 蛇齒盡脫. 手剝其皮, 藏于矢筒, 及飯熟, 加鹽炙之, 爭食無餘. 久則中毒而斃者相望. 噫, 蛇之蠕動蛇蜒, 鱗蟲而陸處者, 雖愚者, 皆知賤惡而趍避之. 如有所逼, 莫不嘔吐震慄. 何也. 人性然也. 溟洲之人, 始也斥其非, 猶多有全其性者也. 中也斥者小而啗者衆, 然或有全其性者, 不爲流俗所污者矣. 終也舉一道莫知其非, 嘲笑一絶, 而相安於穢俗, 至此則人性盡蔽, 無復論其是非矣. 一州之民, 夫豈盡喪其天而不悟者歟. 必有作俑而誤之者矣. 其誤之也必曰, "蛇亦蟲魚之類也. 肥而香美. 近人而易捕. 論其狀如鱧. 奚擇哉." 於是, 試嘗於口, 而無所妨, 漸狃於心, 而無所憚. 積以歲月, 浸以成風, 靦然無所愧. 當是時, 彼安知啗蛇之可醜, 遺毒之可畏歟. 前日之所嘗非詆者, 又從而效之曰, "彼亦人也, 口未爽於味, 而獨嗜此, 何耶. 其必有至味者, 存之其中矣. 吾前之非之者, 安知不幾於妄. 而彼之嗜之者, 又安知不有所見歟." 由是, 轉相浸染, 莫知其非, 哀哉. 士君子之於貨利聲色, 亦猶是也. 熟不知貪饕狂蕩之爲可賤, 玷污喪敗之爲可畏歟. 然試嘗於心, 而卒忘其恥, 豈聞有齒冷嘲笑之言乎. 汝當審其幾也, 毋忽.

登山說：魯民有子三人焉. 甲沈實而跛, 乙好奇而全, 丙輕浮而捷勇過人. 居常力作, 丙居常最, 而乙次之. 甲辛勤服役, 僅得滿課, 而無所怠. 一日, 乙與丙, 約登泰山日觀峯試力. 爭修屩屨, 甲亦飾裝. 乙與丙, 相視而笑曰, "泰山之峯, 出雲表, 俯天下. 非健脚力者, 不能陟, 豈跛者所能睥睨哉." 甲哂曰, "聊且隨諸君末至, 萬幸也." 三子至泰山下. 乙與丙戒甲曰, "吾曹僄騰絶壑, 曾不一瞬, 可且先行." 甲唯唯. 丙在山下, 乙至山腰, 日已昏黑. 甲徐行不已, 直至山頂, 夜宿館下, 曉觀日輪湧海. 三子還家, 父各詢所得. 丙曰, “吾卽山麓, 天日尚早. 自恃猱捷, 傍谿曲徑, 足無不到, 妖花怪草, 靡不採掇. 彷徨未竟, 暝色忽至. 暨宿巖下, 悲風聒耳, 澗水喧豗, 狐狸野豕, 旋繞啼呼. 悄然疚懷, 思欲騁吾力, 而畏虎豹且止.” 乙曰, “吾見衆峯排螺, 靑壁削鐵, 飛走凌高, 橫峯側嶺, 搜討靡遺. 峰愈多而愈峻, 脚力隨以疲薾. 甫及山腰, 而日已沒. 吾亦假息巖下, 雲霧暝晦, 咫尺不辨, 衣履冷濕. 上思山家則尙遙, 下思山足則亦遠, 姑安於此而不達矣.” 甲曰, “吾思吾足之偏跛, 慮吾行之偪側, 直尋一路, 玲瑯不輟. 猶恐日力之不給, 奚暇傍行而遠矚乎. 盡心竭力, 躋攀分寸, 登陟未休, 而從者云, ‘已至絕處矣.’ 吾仰視天衢, 日馭可接, 俯瞰積蘇, 蒼蒼然不知所窮. 羣山若封, 衆壑如皺. 及乎落景沉海, 下界黑暗, 傍視則星辰交輝, 手理可鑑. 信可樂也, 臥未安寢. 而天鷄一叫, 東方啓明, 殷紅抹海, 金濤蹴天, 赤鳳金蛇, 攪擾其間. 俄而, 朱輪轉輾, 乍上乍下, 目未交睫, 而大明昇於大空矣, 眞絕奇也.” 父曰, “信有若等事也. 子路之勇, 冉求之藝, 而竟未達夫子之墻, 曾子竟以魯得之. 小子識之.” 噫, 進修德業之序, 成就功名之路, 凡自卑而升高, 自下而趨上者. 莫不皆然. 毋恃力以自畫, 毋怠力以自棄, 庶幾乎跛者之能自勉也. 毋忽.

　三雉說 : 雉之性, 好淫而善鬪, 一雄率羣雌, 飮啄於山梁間. 每春夏之交, 叢灌薈鬱, 雌鳴粥粥, 雄者一聞其聲, 則必振翮而至. 逼人而不疑. 是怒其他雄之畜雌者也. 虞者中其機，篩木葉爲翳，捕雄雉爲餌，持入山麓．折管吹之作雌鳴，弄餌作媚雌之狀．於是，雄雉駕怒，倐至於前．虞者以畢覆之．日獲數十．余問虞者，“雉之欲同歟，其有差殊歟．”虞者云，“類萬不同，然大槩有三．殘山短麓，雉有千羣，吾逐日而捕．或有一至一覆而得者，再至再覆而得者，或有一覆不得而終其身免捕者．”日，“何也．”虞者日，“吾荷翳倚林，吹管弄餌，雉乃側腦而聽，延頸而望，襯地而飛，其來也如擲，其止也如植，近吾而目不瞬者，一覆可獲也．此雉之最惑，而忘其禍者也．一吹一弄，而若不聞，再吹再弄，而心稍動，鼓舞回翔，去地尋丈而飛，其來也若有懼，其止也若有思，然迷於慾，而逼於吾．則吾得一覆，而雉以預防，故旋脫而飛．吾怒其然也，翼日，竢其怠也，增修其翳，卽麓之時．吹管弄餌，迫眞而不少舋，然後，僅得捕之．此雉之稍警，而知有禍者也．其有聞蹩音而決起，閣閣然飛，搏雲霄，投林樾，而不暇顧者，最難捕．吾怒其然也，誓于心日，‘所不得此者，吾無事術矣．’日往山林，窺覰百端，其忌人也猶是也．吾乃潛形屏息，凡若枯木，盡吾術，然後，雉乃近前．然欲心微，而戒心勝，故乍近乍遠，縮縮然若有機械臨其上者．吾乘便畢之，閃若掣電，雉亦見影而避，其敏如神．自此之後，非管餌之所可誘，罾畢之所可羅，澹然若無雌雄之慾者焉．吾安敢投其隙，而展吾術乎．此雉之最靈，而遠害者也．”吾以此三者觀之，足以警世之好荒者矣．夫結契燕朋，徑情耽色，不恤人言，嚴父不能敎，良友不能嘖．靦然爲非，無所忌憚，自罹罪罟，終身不悟者, 一覆可獲之類也. 始雖以欲而迷, 亦能知有禍機, 而不敢肆, 一有所窘, 悔恨疚懷, 然猶本情未忘也, 及其燕昵之朋, 相引以誘, 艷媚之辭, 相招以怨, 則翻然忘其愧恥, 復蹈前轍, 而終履禍機. 此再覆而獲之類也. 若稟情貞堅, 清修自寶, 遠好色而不近, 恥淫荒而不屑. 然與燕朋相處, 不爲所動, 則彼以百計中之, 期同於己, 然後已也, 一念之忽, 不知所陷, 幾近於亂. 而知悔, 絕燕朋, 從益友, 想前非而忸怩, 思日新而矜惕, 卒爲善士, 名重一時. 此乃一覆不獲, 終身免捕之類也. 吾窮思之. 吾之善機械騁奇術, 羅致羣雄者, 正猶燕朋之誘引善類, 驅納淫邪之地也. 噫, 雉之能不從管餌之誘者寡矣, 人之能不從佞諛之說者寡矣. 噫, 父母之情, 願爲一覆而獲之類歟. 願爲終身免捕之類歟. 汝當察其分也. 毋忽.

溺桶說 : 大市僻處, 官置溺桶. 備市人之急. 士子竊溲者, 抵以不潔之罪. 市傍, 有士夫畜不才子, 潛往溲之. 其父知之, 禁之痛, 子猶不聽, 日溲不已. 主者欲挺之, 畏父威未敢發. 一市人, 莫不非之, 子猶欣然自以爲得計. 人有謹飭不敢溲者, 子反非笑日, "怯哉若人. 何畏縮乃爾. 吾日溲猶無患. 何懼歟." 其父聞其肆, 呼嘖其子日, "市廛乃萬人之海, 衆目所萃. 汝以士子, 公然白日, 溲溺其中, 能無愧乎. 祇見賤惡, 而禍或隨之, 顧有何利, 而敢犯如此." 子日, "始也吾亦見士子之溲溺也, 未嘗不唾面辱之. 一日, 欲溲甚急, 姑且溲溺桶, 而甚便. 自是非溲, 此心不安. 始則於吾溺也, 人共喧笑, 中則笑者漸稀而莫吾止也. 今則衆共傍視, 而莫有非者. 然則吾所溺也, 宜無傷於事體矣." 父曰, "噫, 汝已爲人所棄矣. 始人之共笑者, 人皆以汝爲士子, 冀其因此而改行也. 中也笑者漸稀, 然猶以汝爲士子也. 今也傍視而無人詆者, 人不以人類待汝也. 汝觀夫犬彘之溲于塗中, 人尙齒笑歟. 人而爲非, 不爲人齒笑者, 其此之類也. 不亦可悲之甚歟." 子曰, "傍人不非, 而翁乃非之. 踈者公而親者私, 何公者不我非, 而私者反非我歟." 父曰, "惟公故視汝之非, 棄汝不齒, 終無非詆, 其機甚慘. 惟私故見汝之非, 痛心疾首, 猶冀萬一之改, 其情可哀. 汝且觀之, 世無親者, 當無規者. 我死之後, 當知我言." 子出語人曰, "老翁無聞知, 禁我若此." 居無何, 其父下世. 已而, 子往溲故處, 忽聞腦後生風, 毒挺加額. 不覺暈倒, 絶而復蘇, 詰其挺者曰, "何物死虜, 敢爾唐突. 吾溲於此, 幾近十年, 闤市人無敢誰何. 何物死虜, 敢爾唐突." 挺者云, "闤市稔憤, 而今得伸. 汝尙搖啄歟." 縛致市中, 爭以瓦礫擲之. 其家舁歸, 踰月不起. 追思父訓, 悲泣自訟曰, "誠哉夫子之言也. 鏌鋣藏於戲笑, 卵翼隱於震怒. 今雖欲聞至論, 復可得歟." 嗚咽不自勝, 稽顙於柩前, 誓改前行. 卒爲善士云.

10. 悼木兒 _ 金宗直

忽辭恩愛去何忙, 五歲生涯石火光. 慈母喚孫妻喚子, 此時天地極茫茫.

11. 祭亡子文 _ 尙震

前年汝喪子, 今年吾喪汝. 父子之情, 汝先知之. 汝哭我哭,
我哭誰哭. 汝葬我葬, 我葬誰葬. 白首痛哭, 靑山欲裂.

12. 寄子寓 _ 李滉

蒙兒漸至長大, 不可每呼兒名, 今命以嘉名, 字則當隨後.
但從此當漸有成人之責, 不知稍可敎以義方否. 欲子孫之佳,
人之至願, 而顧多徇情愛, 而忽訓勑. 是猶不耘苗而望禾熟,
寧有是理. 向見汝於兒子, 愛愈於嚴, 故及之.

13. 戒子 _ 金麟厚

忠孝傳家業, 兒孫各戰兢. 丁寧言行上, 愛敬是良能.

14. 十訓 _ 柳希春

氣像 : 先君曰, "凡爲人氣像, 要端重而不輕, 深沈而不淺.
終日儼然, 時然後言, 如此乃可以成德. 唐裴行儉曰, '王勃
等, 雖有文藻, 浮躁淺露, 豈享爵祿之器耶. 楊子, 稍沈靜,
應得令長.' 後悉如其言. 此格言, 汝宜佩服而深省之.

窒慾 : 先君性恬虛安靜. 自少至老, 不聽鄭衛之音, 深遠女
色, 而未嘗言及於淫媟. 分外之財, 視如土塊, 於一切繁華世

味, 淡然無所好. 嘗曰, "殉乎貨色歌舞嬉游, 卒爲非人, 汝宜深戒之. 後漢盧植, 師事馬融, 女娼歌舞於前, 植侍講積年, 未嘗轉眄, 融以是敬之. 汝宜法之."

事親：先君年二十三庚申歲, 丁外艱, 守廬于順天, 哀慕備至. 小祥後, 爲事故, 不得已而往返海南, 與我母氏同宿一房者十三日, 而以禮遠之. 臨別, 我母氏泫然垂淚曰, "雖留逾旬, 不得穩話, 尤可恨也." 先君亦憖然而去. 婢訥非其時直宿房內, 至老每言此事曰, "前後見聞, 皆無如我主之可敬者." 歎息不已. 厥後, 先兄聞之, 亦曰, "人所不可及也." 先君守禮之嚴, 亢儷之間, 愼獨如此, 他可知矣. 平時事親, 愛敬洋溢, 每於海南, 得一佳味, 輒封送然後心乃安. 嘗曰, "父母書簡, 收拾而勿失, 人子之道也."

齊家：先君夫婦, 相敬如賓, 而情愛自初至終如一日. 凡三十五年, 未嘗一見姬妾之分寵, 蓋合於古人摯而有別之義. 唯一弟名桂近, 與之相愛, 怡怡若古人姜被然, 至將已早稻田, 擧而與之. 有二妹, 爲萱堂所鍾愛, 分財之時, 田土奴婢之美者, 悉以讓之. 自取荒且愚者, 因請自書其券以堅之. 於諸子慈恤, 均而不偏, 有鳲鳩之仁, 教男女必以禮. 於奴婢, 亦愛而知其惡, 憎而知其善, 慈詳惻怛之意. 浹于骨髓. 故其損館也, 奴婢無老幼, 莫不失聲號哭, 如喪考妣. 外至村落小民之出入門下者, 亦皆歔欷太息曰, "德人亡矣." 先君於三男中, 奇愛希春, 每親負以步. 嘗曰, "成吾家者, 此子也." 仍戒之曰, "一家之內, 當公其心. 苟一有偏倚, 則事不順而倫不明矣."

守身：先君自年三十, 即樂幽貞, 杜門不出. 客來則接之而已. 蓋厭世風之澆薄, 而不欲屈節於人. 非有弔喪救災甚不得已之事, 終歲未嘗一出門. 有一太守曰, "古人稱大隱隱城市, 此之謂也." 嘗戒子曰, "脅肩諂笑, 病于夏畦. 遊居有常, 必就有德. 汝他日筮仕, 亦當安於守正, 不可屈節於人也."

處事：先君每處事, 不問其利害, 但視順理與否. 如不順理, 則輒曰, "是事不順理, 何可爲也." 又嘗戒子曰, "凡士君子處事, 但當順理, 不可以利害爲趨避." 又曰, "世人佞佛以求福利, 阿世以固爵祿, 多不知浩然之氣. 昔傳奕嘗闢佛, 及胡僧呪人致死, 奕不動心, 而胡僧自殞. 韓退之惡佛氏蠹財惑衆而力排之. 張綱當梁冀熏灼之極, 獨能埋輪劾罪. 柳大憲雲當己卯士禍之際, 諫之不從, 即啓曰, '乞斬臣頭, 以快姦兇之心.' 如此等輩, 眞可謂大丈夫矣.

知人：先君幽居靜處旣久, 默視物理, 多有所覺. 知人之明, 迴出世人, 厚貌深情, 羊質虎皮者, 無所逃遁. 嘗訓子曰, "觀人之法, 便僻側媚, 進銳面譽者, 邪也, 質直樸實, 有恒有信者, 正也. 汝宜誌而察之."

接物：先君接物, 常以慈詳誠信爲主. 而遇當斷處, 勇不可奪. 嘗訓子曰, "人不可不愛, 而不可苟合. 楊之爲我固非, 而墨之兼愛亦倒. 凡交際以擇人爲先, 敎誨以持誠爲貴. 非其人而悅之, 是爲諂爲瀆, 無其誠而誨之, 是無益有害. 汝當誌之, 審於接物, 可也."

戒仕誨遷：先君曰, "仕宦之難, 難於山, 險於水. 人之所以不能辭爵祿而自隱者, 只爲無十頃良田而已. 苟有田園可喫著, 則滔滔宦海, 進不知止, 卒犯風波, 是何心也." 仍戒子曰, "汝之命, 範圍數下半, 井之九五, 其辭曰, "一回低首一回仰, 楚水淮山恨更長." 此乃投竄之兆也. 仕宦不宜到頭, 中途而收身歸田, 可也. 又曰, "苟或知穎川必被兵, 先將家屬詣冀州, 鄉人安土不遷者, 多爲所害. 海南乃海寇初程之地, 汝若成立, 當遷居于中土, 以爲遠慮, 可也."

文學 : 先君聰明過人, 文理透徹. 少年場屋中, 見擧子之作, 觸目成誦, 數十年之後猶記. 於諸書一誦, 則終身不忘. 故罕讀書, 古文聱牙肯綮處, 讀之如破竹然. 嘗自言"吾看書則短於知詩, 屬文則長於立論"云. 四書及詩書禮記少微通鑑, 精研熟究, 無行不誦. 中國山川道里, 歷代治亂興廢, 如指諸掌. 每覽前古, 感慨忠良, 憤疾姦諛. 而揀擇文字, 皆務抑邪與正. 謂大學衍義者, "治國之元龜, 學者之至寶也, 丘濬衍義遠矣." 嘗讀綱目, 見尹氏發明, 不覺手舞足蹈. 而因自抄錄其尤精確者. 韓柳蘇文, 悉取其雄偉明快者. 文章軌範, 古文眞寶, 東萊博議, 剪燈新話, 莫不洞究脉絡. 諸葛武侯出師二表, 胡澹庵上高宗封事, 張文潛藥戒, 濯纓子中興對策, 每諷誦而玩味之. 鄉子弟從而受業, 提誨十數年, 亹亹不倦. 其教兒書也, 必先振其綱領, 暢其脉理. 故先兄少曉文義, 又善屬文. 希春自九歲受通鑑節要, 至十一歲, 始知文勢語脉, 泛觀諸書, 罕有窒礙. 非才性然也, 教導之功使然也. 又嘗手書李府使邢訓子詩以賜兒, 其啓迪至矣.

15. 過庭記訓 _ 奇大升

學要勤, 且須成誦不可放過. 讀而思, 思而作, 皆要勤, 又不可廢一.

予欲汝輩務學, 豈以取祿爲意. 正欲使之孝于親, 友于兄弟, 幸不辱先耳.

處斯世, 不可太異衆, 只須無愧於心可. 要以太古爲心, 而以自然持身, 甚好.

予欲汝輩, 釣於淵, 薨於藪, 鋤荒理穢以事親. 於人言何傷.

予幼時家貧, 母氏劬勞鞠育. 每念庶幾成立, 以報罔極. 此志未遂, 親先捐背, 此予終天痛也. 汝輩今日, 飽煖以居, 何爲不學. 予與子敬服齋最友愛, 常共被臥, 以爲吾兄弟, 須當一隅.

常模天文圖, 又欲抄資治, 期旁通技藝, 庶於一者有得.

謂我輩得當贖窮恤匱, 若不得, 不就人于贖窮恤匱. 不幸子敬蒙譴, 予亦留落, 一不酬志, 不勝歎恨. 汝輩當會此意.

今世學不講, 一時相與, 後反下石, 言之寒心. 須勿妄交, 要之, 朋友雖不可無, 亦不可不愼.

仕途風波, 可畏可畏, 志未能行, 禍已隨之. 只是推去推來乃可, 不如高臥.

朱子立朝, 纔四十餘日, 學者亦須知此. 誠欲行志, 一縣足矣.

16. 寄行可書 _ 權好文

　間者, 講究誰與. 山日正長, 須坐讀聖經, 玩味活潑意味,
則淺淺擧業, 在其中矣. 朱文公讀書法日, "量力所至, 約其
程課, 而謹守之. 字求其訓, 句索其旨, 未得乎前, 則不敢求
其後, 未通乎此, 則不敢志乎彼, 如是循序而漸進, 熟讀而精
思, 則義定理明, 無疎躐之患矣." 又日, "論語一章, 不過數
句, 易以成誦, 成誦之後, 反復玩味於燕閑靜一之中, 以須其
浹洽精通可也." 又日, "觀書, 先須熟讀, 使其言皆若出於吾
之口, 繼以精思, 使其意皆若出於吾之心, 然後可以有得. 或
文義有疑, 衆說紛錯處, 則亦虛心靜慮, 隨其意之所之, 以驗
其通塞, 則其節目, 如解亂繩, 無所不達矣." 此皆文公諭學
者, 汝須揭之壁間, 日夜詳味, 信遵此訓, 則他日胸中豁然以
明, 試出而書之, 混混乎覺其來之易也, 可不凡然端坐, 終日
而讀之, 如老蘇子耶. 願莫馳心外物, 費了精神, 虛了歲月.
二十年前, 汝可復到乎. 勤做勤做, 惟照省.

17. 示子文濬及三孫兒 _ 成渾

　余受生于天, 得氣虛弱, 一生羸病, 以死自分. 以此不能力
學自立, 奉父母遺體而忝辱萬端, 今到垂死, 老邁無及, 思之
至此, 痛不可堪, 茲書余懷, 以示若等. 文濬, 淳厚寡欲, 而
又識義理, 氣質之美, 可謂難得. 然氣虛類我, 不能讀書刻苦
以就其學, 最宜看醫書, 達養生之道, 完養心氣, 安其眠食,

至於老壽, 以副父母之心, 可也. 又未諳塵俗之事, 且乏警敏, 凡物情事勢, 奴僕制使, 治家幹蠱, 造次或不能曉事, 反不如俗間伶俐之人, 以此居貧, 深慮日困飢寒, 不得承家而俯育也. 今時大亂, 士族流離, 唯當撫奴僕以恩, 與之力穡, 以務本原之業. 此外, 教子讀書, 孳孳日夜, 使吾先人傳家之學不墜于地, 文獻詩書不絕于後, 則余雖死, 可以瞑目於九原矣. 三孫長育, 可望成就, 爾輩千萬力學, 竭性命之精, 畢志於爲己務實操持玩索之功, 可也. 漢龍, 幼時童心, 頗蓄雜物, 家人輩戲之, 指爲多欲, 豈合以此目汝哉, 汝可旣長而觀此, 以爲深恥. 厲廉恥辨義利, 清脩自立, 無忝爾所生, 可也. 乙未二月, 書于延安海曲角山民舍.

18. 寄起溟 _ 鄭澈

書來知好在, 慰慰. 父三疏乞退, 天語丁寧, 頃於夕講, 又請遞免, 而慰諭眷勤曰, "卿雖欲遞, 予豈有許卿之理, 勿爲此計, 盡心國事云云." 故姑供職. 叔獻已來, 牛溪將至, 第未知此後結末如何也. 汝須靜處, 屛去紛華雜事, 一意篤學爲可. 科擧小事, 得失不關, 本不以此爲榮辱也.

19_1. 寄亨南振南書 _ 白光勳

奉事來, 細聞汝等好在之奇, 多喜多喜. 但因人聞, 汝等頗

有侮人之態, 且喜言人過云. 人之爲學, 只欲去此等病痛, 而
今汝若果如此, 則雖學書萬卷, 文似楊馬, 卽日登第, 其人何
所用哉. 驚痛, 欲死也. 一失身於人, 則平生難復見取於人,
況世道日窄, 風俗日薄, 謹默守道, 猶恐不免, 況發諸口而形
諸言乎. 此後汝等, 不能痛除此習, 尙或有云云者, 則誓不復
與汝等相見也. 千萬戒謹戒謹, 只此.

19_1. 答亨南書 _ 白光勳

書來悉好在, 且聞汝勤於讀書, 爲孝孰有大於此哉. 頗用慰
喜不禁. 論語讀畢後, 須從初卷, 更日學一卷, 以首尾貫徹無
碍爲期, 而無作輟之頃, 則七卷之書, 未十五六日, 可盡一
遍. 果能此後, 則雖學他書之時, 亦可日誦一遍, 如此不廢,
只做數月之功, 而可至百遍, 爲效不亦萬萬耶. 平生誦此一
書, 亦足無愧於冠儒冠而行. 況汝之聰明, 苟篤志力學, 則其
於進益, 將有不自知自止者矣. 才學大成之後, 則貴賤窮達,
付之於命, 吾何與焉. 將與老父老母, 躬耕於海曲, 諷詠先王
之風, 以終其身足矣. 父之望在此, 幸宜悉之. 壯紙在亂帙
中, 竢後覓送. 但多印書册, 置之高架不讀, 則莫若塗窓壁之
爲愈也. 今後切宜廢絶人事, 以古人勤學有成者爲期, 可可.
不一.

20. 與長兒溰 _ 金誠一

　門戶之興替, 子孫賢不賢, 聞汝一言善, 感淚自漣漣. 四海皆同胞, 況是一氣連. 孩提同母乳, 飮食卽同筵. 良知與良能, 敬愛本自然, 奈何浸成長, 稍稍失其天. 及其分門籍, 妻兒滿眼前, 物我便相形, 牆內尋戈鋋. 有利爭錐刀, 誰念骨肉緣, 兄飽弟糊口, 弟寒兄黃綿. 至親若楚越, 貧富任相懸, 彼哉何足道, 家訓在祖先. 吾門本寒素, 世世守靑氈, 兩代無契劵, 疇爭普明田. 常愧我不肖, 家聲汝又傳. 充汝此一念, 何但蓋前愆. 堯舜雖大聖, 孝悌可至旃. 鄒孟炳四端, 擴充如達泉. 汝如體聖訓, 請度心之權.

21. 寄諸兒 _ 柳成龍

　汝等十年失學, 奔走憂患, 光陰已多閒過, 此亦天也, 奈何. 汝父少時, 全不習擧業, 漫浪度日, 亦如汝輩. 歲庚申冬, 持孟子一帙, 往冠岳山數月, 讀至二十遍, 從頭至尾僅成誦. 下山入京時, 馬上不念他事, 自梁惠王至盡心, 皆入心記, 雖不能深知精義, 而往往有會心處. 其明年來在河上, 讀春秋三十餘遍, 自是暫解行文路脈, 僥倖得第. 至今每恨其時不得更加歲月之功, 遍讀四書百餘遍, 若是則所就必不至如今日之碌碌. 故每爲汝輩言四書之不可不讀者, 此也. 今世京洛間小兒, 如倚市販賣之人, 只取近功而求速化之術, 將聖賢書, 束諸高閣, 日尋伶俐悅人小文字, 偸竊點綴, 以中有司之目, 而得有所成者, 多矣. 然此則乃一種巧宦家法門, 非如汝輩性鈍愚而不善爭名者所易效. 嫫母效西施, 猶爲人所笑, 況彼未必西施, 而我不爲嫫母者, 亦何辱而爲此耶. 大抵, 學之成否, 在我, 得與不得, 有命存焉, 惟當盡己之所當爲者, 而付命於天而已. 通鑑亦史家之指南, 何可不讀. 此亦非失計, 但汝等年已向晚, 而事故多端, 如四書詩書, 皆未爲汝物, 更加數年, 則將不免兀然無得, 而爲悲歎窮廬之一夫, 豈不可悶乎. 且經書辭深而意味精奧, 必須專力而後可得, 史家之書, 非經書之比, 讀經書之暇, 輪廻涉獵, 亦可貫通. 若是則可以兩得, 念之念之.

22. 亂中日記 丁酉年 10月 14日 _ 李舜臣

十四日辛未. 晴. 四更, 夢余騎馬行邱上, 馬失足落川中而不蹶. 末豚葂似有扶抱之形而覺. 不知是何兆耶. 夕, 有人自天安來傳家書, 未開封, 骨肉先動, 心氣慌亂. 粗展初封, 見葂書則外面書痛哭二字. 知葂戰死, 不覺墮膽失聲, 痛哭痛哭. 天何不仁之如是耶. 我死汝生, 理之常也, 汝死我生, 何理之乖也. 天地昏黑, 白日變色. 哀我小子. 棄我何歸. 英氣脫凡, 天不留世耶. 余之造罪, 禍及汝身耶. 今我在世, 竟將何依. 號慟而已. 度夜如年.

23. 書示子孫 _ 李元翼

父而子子而孫, 一氣相傳, 生欲同一家, 死欲同一塋, 此天理人情之至. 世之人拘於風水, 多有不卜於先塋而卜於他所者, 假使風水之說爲可信, 棄祖先而求福, 神必不祐, 況本茫昧無據者乎. 父子祖孫骸骨異山, 死而有知, 寧不悲涼. 吾祖先葬於衿川之梧里洞, 已累代矣. 其爲山周雖不甚大, 南北丘塋亦多, 倘不拘風水而鱗比用之, 何患乎無其地. 吾死之後, 子子孫孫, 藏此書遵依無廢也. 且見世人兄弟不睦, 多見於富家, 是知有財則有爭心而傷敗天倫, 財爲之祟也. 子孫切須毋聚不義之財, 毋營不仁之富, 只可力農免飢死而已. 祖先之望於子孫, 萬善猶不足, 今此兩件事, 適有所見聞, 心有所觸而興感, 故及之. 萬曆二十七年季秋望, 在東湖草堂.

24. 亡女奠詞 _ 林悌

爾貌秀於人, 爾德出於天. 膝下十五歲, 于歸今六年. 事親我所知, 事姑姑曰賢. 天乎鬼神乎, 此女何咎愆. 一病遽玉折, 茲事豈其然. 我病不能去, 呼慟氣欲塡. 爾今入長夜, 見爾知無緣. 爾母在漢北, 爾外祖母前. 若使聞爾死, 殘命恐難全. 聞訃第四日, 望奠錦水邊. 薄以酒果設, 滿盂汲新泉. 母遠父在此, 魂兮歸來焉. 泉以濯爾熱, 酒果沃爾咽. 哭罷一長慟, 爾死重可憐. 秋空莽九萬, 此恨終綿綿.

25. 寄子景嚴書 _ 李好閔

聞汝縣有江山之勝, 來遊者甚盛云. 三年遏密之餘, 賞勝暢
悁, 固人情之所不可無. 但每人來, 汝輒從之, 則人一而汝
百, 無已太康. 古人云, "太守憂民踈宴樂." 流連荒亡, 雖諸
侯亦不可, 分百里之憂者, 不可以此示民. 人之來, 汝可以吾
言辭之, 但供舡格器具, 可矣. 城中此弊亦張, 鼓笛日震於江
湖. 昔宋帝在汝穎, 諸君嘯嗷湖山, 遊舸蔽江. 此豈豐亨逸豫
之時, 人心之狃玩可戒. 呬呬.

26. 送應一入京 _ 張顯光

今汝此一行, 萬里登程初, 男子宇內事, 都自胸中儲. 東西
南北人, 如見汝庭除, 恭約此二字, 卽汝所蓄畬. 臨遣贈丁
寧, 汝宜紳書諸.

27. 癸未冬至書貽端兒松府之行 _ 李植

研經史, 以開智識.

讀四書, 餘力讀史, 且觀古人行身處事之節, 則智識開
益矣. 以此立本, 漸進博文約禮工夫.
安義命, 以祛利欲.

常以處事合宜爲心, 如是而有不幸不平之事, 是命也,
但當順受, 勿自撓惑.

勵志氣, 以當患難.

雖安於義命, 至於患難, 則堅貞爲難, 須常激昂, 以古之志士仁人逸民之事爲法.

薄衣食, 以處貧賤.

人若以禮律身, 以禹無間然一章爲法, 而不以婦女俗習拘碍, 脫然自立, 則能善於用財, 而貧賤非所憂.

務儲衍, 以備緩急.

人有婚喪之常水火之厄, 家禮所謂稍存贏餘, 以備不虞者. 然不可踰越禮義, 當從節儉中, 稍運才力耳.

28. 寄大兒書 _ 尹善道

汝之錦山三製, 見之賦最勝, 雖居異等, 無足怪也, 而至於見屈, 可歎. 然鋪叙中納約之下, 解題事實, 略之太過, 是欠也. 策亦好矣, 而逐條題意, 太略而沒實, 同一欠也. 大槩場屋程文, 寧過於詳而不可過於略, 寧過於密而不可過於踈, 此意不可不知也. 且須着意細看古今文字, 得其轉換承接之妙, 然後乃可作文無欠. 若不沉潛於古人文法, 徒使些少才氣於文字之間, 則必有鹵莽滅裂之弊, 尤不可不知也. 每榜皆落莫, 固是不勤之致, 而原其本則出於天不佑也. 得天佑惟在積善, 汝曹不可不知也. 況兒孫幾盡不産育, 絕祀可慮, 尋常恐懼, 可勝言哉. 汝曹不可不以修身謹行積善行仁爲弟一急務也, 汝曹亦曾念及乎此否. 漢之文景, 節儉爲事, 屢蠲民租,而子孫三興, 細思歷代靑史則無不皆然. 雖以吾家先世言之, 高祖勤於稼穡, 取於奴僕最薄, 故曾祖昆季勃興, 一門鼎盛. 靈光祖父主雖不爲不義之事, 似留心於爲富, 故生育衰絕. 杏堂拙齊兩族曾祖皆不能體高祖家規, 故子孫皆陵替, 天報之昭昭, 此可知也. 高曾祖以節儉而興, 後代之事, 隨俗華美, 漸不如先世之風而衰. 易理以月旣望爲大戒, 及滿招損謙受益等語, 無非至敎, 可不銘心刻骨. 吾家所當損者, 思而錄之于左, 汝其惕念毋忽.

一. 衣服鞍馬凡百奉身者, 皆當改習省弊, 食取充飢, 衣取蔽體, 馬取代步, 鞍取堅牢, 器取適用, 可也. 所騎只求可以涉遠者一二頭, 以備行路而已, 何必要能步也. 靑草刈時, 雖家牛隻不可用也, 況可用奴戶及洞人之農牛耶. 非徒人必苦之, 大不合於事理, 如此等事, 自今絕勿爲之, 只庀一二卜馬載取, 可也. 吾於五十後, 衲紬衣苧裌衣始試爲之, 而在鄉時曾見汝服衲紬衣, 心甚不悅. 蓋此兩物, 大夫之服, 而大夫而不爲者猶多, 況笠下之人而可衣大夫之服乎. 如此服飾, 須斥去不御, 以崇儉德, 可也. 大槩此等物, 須近於樸, 毋近於侈, 稱此以永, 一可知十. 諸葛武侯之言曰, "非澹泊無以明志, 非寧靜無以致遙", 旨哉言乎, 戒之勿忘. 丹書曰, "敬勝怠者吉, 怠勝敬者滅." 忽亦怠也, 怠之害乃至於滅, 豈不寒心. 須以敬存心, 毋敢斯須有忽於斯. 婦人之服, 則年老則用紬, 年少則雜用紬綿, 勿用綵段, 可也.

一. 奴婢之貢, 高祖時則每名常木一疋定式, 而其後或加或減無常矣, 今則定式如何. 奴則卅五尺平木密織者二疋, 婢則疋半, 貧者役多者則量減, 富者勿加, 以此爲定式, 可也.

一. 仰役奴婢, 不可不厚恤, 須用損上益下之道, 益減主家自奉, 而每優奴婢衣食, 使仰活於我者無所艱苦而含怨, 至可, 且逐日所役, 須限不盡其力. 定式敎之, 且奴婢雖有所失, 小則敎之, 大則略笞, 每令有撫我之感, 無虐我之怨, 可也. 在上之道, 惟當以寬爲主, 婦人性偏, 不可付刑杖之權. 笞亦定式, 使無敢過, 不敢爲手自雜打事, 亦須善喻嚴戒也.

一. 或有大運力外其他細小雜役及尋常使喚等事, 只任家內奴婢, 勿使戶奴, 使其優游而自盡於力本有生之樂, 洞人尤不可種種使之, 如此等事, 須留念察之, 忍耐過了, 可也.

一. 祈嗣一節, 須以入門求嗣條及祈嗣眞詮爲主, 勤而行之, 至當至當. 不信至人之言, 而信盲人之指示乎 左道巫卜之說, 塞耳斥之, 使婦子毋惑也. 眞詮十篇中末篇祈禱, 而所謂祈禱者, 不過尼丘山之意也. 無孔顏之積善而禱之, 則不亦益神之怒乎. 況從巫俗無稽之說而禱之乎. 非徒無益, 而又害之者, 此等之謂也, 不但可笑而已也. 眞詮以改過遷善爲第一急務, 上面所云之事皆此類也, 念之念之. 爲求嗣祈禱重也, 而猶不可爲之, 況其他神事乎. 一切斥絕, 以正家道, 更須激昂毋墮.

一. 自前遠近奴婢每以貿販爲悶, 僧奴處簡在時力言於我, 而我不卽令改, 悔吝可勝. 吾所命南草之販, 自前從時直, 俾無所損於受者, 後亦當然, 而今茲若得送京則尤無授受之弊也. 此外一應貿販, 汝先勿爲, 而以我言痛禁諸子弟家, 一切勿爲, 汝須勿爲兄弟而欺父兄也.

一. 今茲雖爲船卜, 而使奴輩爲格, 則仰役奴外, 皆准時加減給格價.

一. 聖賢經訓, 則自汝曹解語時, 吾所提耳而誨者也. 小學是做人底樣子, 學者當以此爲主者, 亦於一生言語文字間, 勤勤懇懇於汝曹者也, 今不須瀆告也. 但有時靜坐, 着意閑看小學, 則必有新得, 且將經傳循環細玩, 則無非懾伏身心之助. 此皆一生當務, 而至死不可變者也.

一. 吾家興滅, 在此一紙, 切勿泛視, 且令孫兒輩銘讀勿忘.

29. 訓子孫十八戒 _ 許穆

毋樂貨利. 毋羨驕盈. 毋信怪誕. 毋言人過. 疑言亂族. 妬婦亡家. 好色者敗身. 崇飲者戕生. 多言必避. 多怒必戒. 言必忠信. 行必篤敬. 喪祭必謹. 宗族必睦. 擇人而交者, 遠過. 擇里而居者, 遠辱. 君子之行, 不以勝人爲能, 自守爲賢, 勉之毋忘. 吾老死迫矣, 毋令已死者魂魄愧恥. 此皆老人於吾身, 親戒而勉飭者也, 所言尤切.

30. 戒子說 _ 金休

猖狂玩世 高亢傲物, 殊非君子之美德. 雖曰, "穢跡而潔道,全身而遠害”, 然名教中自有明哲保身之道, 何必乃爾. 余遭昏朝, 時政濁亂, 欲爲沈冥之托, 遂廢擧業, 敢事杯酌, 竟得崇飮之名, 自以爲保身之良策, 而旣醉之後, 危談大言, 傍若無人, 以取人唇吻, 到今思之, 懺悔無及, 汝宜切戒之. 處心行己, 須以端人爲法, 讀書, 以聖賢經傳爲根基, 次第讀詩騷, 以助其發越之氣. 凡製述, 亦須大占地步, 高占韻格, 必蹈古人畦徑, 而勿事科文腐軟之態.

31. 示兒孫 _ 宋時烈

我今行年七十一, 久矣爲人之祖父. 敎之以身我未能, 讀書修行都在汝. 輿遷作聖由母三, 帝憂近獸命契五. 而子爲賢付於天, 戲劇堯夫亦一偶. 汝父常言敎無與, 無乃有激云然否.

32. 寄夏濟殷濟 _ 尹鑴

古人云, “事師如父”, 汝等當知此義. 凡百惕心禀承, 無廢課讀, 而必取向上工夫, 以爲他日刮目之地, 是望. 我旣陳疏, 欲遂發南行, 周歷諸處耳. 不具.

33. 書示昌國 _ 金壽增

田園之荒蕪, 不欲問也. 家業之旁落, 亦不欲問也. 至慟在心, 是則難捨, 而死生有命, 亦無所恨. 最是汝輩不學無文, 無以踰人, 此實平生之恨, 生無以展顏, 死無以瞑目, 汝輩其亦念之否. 然不欲每每程督, 以傷恩義, 惟在汝輩斷置世間一切雜念雜事, 改心易慮, 勇往奮發而已. 若悠悠泛泛, 終無所成, 則余言不再. 顧名思義, 則立志自不得不高, 立志高則自不得不勤, 勤則於身自有無限好事. 夫然後可以少慰父母悲慘之懷, 而後日一家興衰之機, 皆係於此矣. 其要則堅坐存心而已, 以此爲別後儆戒之訣, 念之.

朱子戒子書曰, "凡祭肉臠割之餘及皮毛之屬, 皆當存之, 勿令殘穢褻慢, 以重吾不孝", 先祖考曰, "此當深省."

34. 書贈說兒 _ 金壽興

早起必見父母, 晝夕之間, 亦來省焉, 日以爲常. 其在父母之側, 凡有所使, 恭恪勿怠. 父母召之, 則勿設遲慢之色. 朝夕來省父母之後, 讀書書字. 或披見册子, 或溫習舊學, 或作詩, 此外博奕雜事, 一切勿經於心. 其在長者之側, 長者起則必起, 長者有問, 則應對必恭. 父母有敎戒之言, 必着心勿忘. 常在室中, 切勿妄自出入於他處. 勿與雜人交友, 必友勝己者. 與人交接, 擧止必恭遜, 言語必謹愼. 躁妄之行, 勿設於外. 鄙俚之談, 勿出於口. 如有不得已出入處, 則雖近必告於父母. 有事於家廟, 則必梳洗潔淨. 隨長者行事, 日用凡事, 必留意行之, 有所不知, 必問於長者. 聞人之過, 切勿發諸口外, 見人所失, 亦勿傳說於他人. 衣服只禦寒暑, 飲食只備飢渴, 切勿爲侈靡之習. 朝廷之事, 切勿妄自是非.

35. 遺戒 _ 金壽恒

余位躋三事, 年踰六旬, 受命而死, 無復可恨, 而第有所恨者, 被三朝罔極之恩, 無絲毫報效, 終陷大僇, 孤負願忠之志, 此一恨也. 自少有志於學, 好觀義理書, 至老亦未敢忘此志, 而由其庸懦因循, 不能一日實用其力, 終於無所聞而死, 此二恨也. 雖早出世路, 而實少宦情, 性且好山水, 每思休官就閒, 送老於寂寞之濱, 嘗營茅棟於白雲山中, 意實在此, 而拘牽韁鎖, 竟未遂初服, 此三恨也. 此不可不使汝曹知之, 故書以示之.

余適當艱危之日, 久叨匪據 弘濟之責, 本非所堪, 癏官病國之罪, 固不可勝贖, 而若其愛君一念, 自謂可質神鬼, 及至今日, 區區此心, 亦無以自白, 唯當蘄知於後世之子雲耳.

先祖考臨終, 嘗以喪祭從儉有遺戒. 余之無狀, 固不及先祖萬一, 而況今得罪君父, 忝累先德, 尤不可自同無故之人. 喪祭凡事, 務從儉約, 毋得少有踰濫, 以遵余此志.

吾家喪祭之禮, 有違於古禮者頗多, 先祖考每以先世行之既久, 難於率意釐改爲敎, 而亦嘗有其中不可不改者, 則後孫可以量度而改之之敎矣. 凡事久則當變, 不可一向膠守, 今余之喪, 喪祭諸禮, 除古今異宜財力不逮者外, 一從喪禮備要以行之.

墓道石役, 固不宜過爲侈大, 以效弊習, 而先祖考神道, 亦因治命, 不得立碑, 今余之墓, 只樹短表, 且埋誌石, 略記世系生卒履歷, 毋得張皇文字, 以取人譏笑.

余素無才德, 徒以憑藉先蔭, 厚蒙國恩, 竊位踰分, 自速釁孼. 今日之事, 無非履盛不止, 求退不得, 以至於此, 雖悔曷及. 凡我子孫, 宜以我爲戒, 常存謙退之志, 仕宦則避遠顯要, 居家則力行恭儉. 至於愼交游簡言議, 一遵先世遺矩, 以爲禔身保家之地, 至佳至佳. 諸孫之名, 今以謙字命之者, 卽此意也. 古人云, "不可使讀書種子斷絕." 汝輩果能勤誨諸兒, 終不失忠孝文獻之傳, 則持守門戶, 不必在於科第仕宦矣.

己巳四月初七日, 文谷翁書與子昌集昌協昌翕昌業昌緝, 待諸孫成長, 亦以此紙傳示.

36. 示兒輩 _ 尹拯

徼幸科場是利心, 利心萌動後難禁. 格言好向兒曹說, 須信偸牛始竊鍼.

秋霖收盡覺涼生, 佔畢如今可趁程. 萬事儘從勤苦得, 呼僮急去斲松明.

37. 示兒四德箴 _ 崔錫鼎

　戒爾勿驕, 驕則傷德. 何以去驕, 要在謙抑. 戒爾勿惰, 惰則廢職. 何以制惰, 要在勤恪. 戒爾勿踈, 慮踈則滲. 何以治踈, 要在詳審. 戒爾勿浮, 氣浮則勝. 何以鎮浮, 要在沉靜.

　敍曰, 謙者德之基, 勤者事之幹, 詳者政之要, 靜者心之體. 君子執謙, 足以崇德, 克勤, 足以廣業, 詳愼, 足以立政, 定靜足以存心. 君子行此四德, 然後可以持己而應物. 乙亥冬, 存所子書.

38. 哭鳳惠文 _ 李夏坤

　維歲次丙戌二月上巳日, 卽亡女鳳惠旣葬之一日也. 其父略具餠餌肴果之羞, 以文哭于其墓曰, 嗚呼, 余年過二十而未有兒息, 汝母亦且羸弱善病, 恒惴惴惟嗣續是虞. 庚辰春, 汝始生, 汝母娠汝時, 夢五色鳥長鳴而去, 大人遂以鳳名汝. 汝生而容貌豊麗, 神秀氣完, 余喜甚, 亦不知生女之可恨也. 汝之外曾大父月堂公抵書于余曰, "君冀男而得女, 何喜若是耶." 余仍舉陶柴桑 '弱女雖非男, 慰情良勝無' 之語以復之. 又二年壬午, 汝弟鳳錫生. 其冬汝母携往懷川省親, 癸未春, 始團會于金溪之丙舍. 鳳錫已扶床立, 意氣嶷然, 汝之言語容止, 益復婉戀可愛, 父母朝夕弄玩, 若雙珠之在前. 汝母常曰, "有女如汝, 有男如鳳錫, 吾無羨人者矣." 已而大人罷官南歸, 汝之季叔自永同携麟錫至, 伯母仲母兩夫人家又自京來, 同居一洞之內, 若金姊宋妹尹妹俱來會. 月明之夜, 花開之朝, 或登山或臨水, 或步平臺, 或棹小舟, 或投壺博奕, 或飲酒歌笑, 汝之姊弟亦牽衣絜帶, 囉呼趍走, 未嘗不在其間, 汝之從叔從姑輩, 愛汝奇汝嗟嘆汝, 莫不以吾夫婦爲有子, 而吾夫婦亦不以汝姊弟晚出爲恨, 而日冀其長成而婚嫁也. 明年甲申, 大人留守江都, 吾與汝輩皆從往, 秋鳳錫猝患風搐死, 父母之慘慟哀憐, 固不可言, 而汝尤悼念, 每日, "嗟乎鳳錫, 爾何捐父母之愛而死乎." 爾何獨無怖而棄擲空山乎. 其言凄切有不忍聞者, 而汝又悶父母之過哀, 以好言寬慰, 又爲雜戲蘄得父母之一笑. 父母之心雖不忍於逝者, 猶以汝在前, 盡誠盡孝, 故庶得少慰其悲慟之思, 孰謂一朝汝又棄父母而長逝也哉. 噫嘻, 向汝之所以怨鳳錫者, 吾將以怨汝矣, 向汝之所以悲鳳錫者, 吾又以悲汝矣, 汝其知耶, 其不知耶. 嗚呼慟矣, 嗚呼慟矣. 余閱兒多矣, 吾未見敏慧如汝者, 孝友如汝者. 人家小兒輩孰不以般遊戲嬉爲務, 而汝則不然. 自三四歲時, 蚕績縫紉是好, 飧飪饋餉是事, 鎖鑰家伙, 是管是掌, 汝母云, "汝已能分其勞苦. 至於處事接物之際, 宛有成人態." 語言必款, 餽遺必均, 是以人無貴賤而皆得其懽心, 其生也人莫不愛之, 其死也人莫不憐之, 吾由是知汝之敏慧過人矣. 且吾愛汝甚, 吾所詔敎者, 汝必敬信曲從, 未嘗少拂吾意. 或暫離我懷抱, 則汝輒憂形於色曰, "爹豈忘我歟, 何多日外寢歟." 吾若從汝而居于內, 汝喜躍不已. 汝母常患心疼, 達夜叫苦, 汝在側抱持啼泣, 旁人欲屏置汝, 汝終不肯去, 時汝尙未晬也. 汝母自鳳錫死, 每願速死, 汝聞其言, 輒愀然曰, "母無死, 母令我作無母兒." 汝母悲汝之意, 累舉以語余. 又從老婢聞先夫人育吾時事, 心甚感動, 汝獨入廟拜謁. 汝事吾大人, 誠愛出天, 大人或往鄉廬, 數月不返, 汝思慕殊切, 見荣果魚蛤之新鮮者, 告其母曰, "此物可口, 安得大爺一嘗耶." 汝母戲問之, 汝又曰, "吾獨怜大爺鬢髮已皤然矣." 聞者莫不奇. 汝與鳳錫, 友愛篤至, 生而不肯須臾相捨, 歿而有深悲, 過時而不衰. 從兄弟居於一室者, 汝又視之若同胞, 吾由是而知汝之孝友, 尤有人所不及者矣. 嗚呼, 汝敏慧而不得年, 孝友而不蒙福, 吾而今而後知敏慧者, 是殀之根而死之兆者也, 孝友者是天之所嫉而神之所憎也者矣. 然則必行尸走肉, 頑如木石者, 可以享期頤之壽耶. 必狼戾狠惡, 凶如梟獍者, 可以蒙康寧之福耶. 嗚呼慟矣, 嗚呼慟矣. 汝雖女子, 吾所以期待汝者深, 汝亦平日旺建無病, 至於殀亡之患短折之虞, 是豈夢寐之所及者哉. 余性迂僻, 不樂京居, 乙酉冬將盡室歸溪上之舊栖, 是歲都下痘疾大行, 意謂汝未經痘, 遠避鄉曲, 亦甚便宜, 遂挈汝登途, 至竹山迦葉里, 其日大風以寒, 汝從軒車中出, 面色如凍梨, 瑟縮不能語者良久. 汝母急以酒溫汝, 爐火煖汝, 汝始稍有人色且言. 明日之晨, 汝急患肚疼而嘔, 謂觸風寒, 致此無怪, 又不可久滯中途, 遂行午飯植松村, 汝又吐蚘, 又(不)能飯. 見汝神精已奪, 五色無主, 余惶懼趣駕, 行抵雲亭, 夜已數皷矣. 雜試藥物不效, 二宿而痘點見, 邀柳醫瑞診之, 曰, "血從溺道中下, 雖俞扁無可爲也." 汝果八日而不起, 乃十月之晦也,汝自朝至昏，泄數十下，腹大如皷，喘聲作急以促如拽鉅．余抱汝足而坐，汝母又坐余側，時燈火瑩然，風聲獵獵吹窓紙，夫婦二人，但以涕淚相視而已．汝忽開眼視余作數聲，哽咽而止，若與父母訣者．當此之際，汝父母方寸將如何哉．嗚呼慟矣，嗚呼慟矣．汝病亟時，神識已昧，無所省記，似諢似囈之中，忽語余曰，"此爹之過也，此爹之過也．"意若警余者．噫嘻，昔韓文公云，"人生不免於水火，父母之罪也．"由是言之，使汝病而且死者，是誰之罪也．汝不從余而南，則何至撼頓而生疾乎．假令汝縱有一時疾恙，若處乎突突，殫其調治，又何遽至死乎．今乃不然，旣去其深房煖室平簟煖衾，而驅曳顛仆於嚴風虐雪之中荒山窮溪之間，而又不能及時而問醫，對症而投藥，終使汝不免乎中途而夭死，此余之罪也，此余之罪也．豈不爲余終身之恨也哉．嗚呼慟矣，嗚呼慟矣．以汝之容貌觀之，豊而麗，以汝之神氣觀之，秀以完，以言其稟受則敏慧，以言其德性則孝友，茲數者豈皆可以致夭，而汝其終夭者何也．汝病之初，余甚以爲憂，汝之從叔輩皆曰，"此兒之骨相稟性，宜享多福者，君何爲過憂"，以寬余．以今觀之，夫無福者莫過於汝，而人又稱之宜享多福者，抑何也．嗚呼，汝豈無福而早夭者哉．汝死之日，汝之從叔輩又皆曰，"凡人之生死夭壽，不可以容貌測也，不可以神氣度也，又不可以性行推也，此兒死矣，世間其有可恃之兒乎"，以慰余．由此論之，汝豈無福而早夭者哉．此由汝父實竅而謬有名稱，行悖而獲罪神明，不能保其懷抱之物，而將使之摧心刺骨窮毒慘盡而終其身也焉耳, 汝實代父而死, 寧不冤乎, 寧不冤乎. 嗚呼慟矣, 嗚呼慟矣. 吾自汝之逝, 塊處一室, 終日面壁, 昏昏悶悶, 如癡如醉, 坐不知其所爲, 行不知其所之, 或臨卷而嘆, 或對飯而吁, 或對影而語. 見山則思汝, 觀水則思汝, 聽平臺之松風則思汝, 看小舟之明月則思汝, 盖無時而不思, 無往而不思, 而汝之蹤跡已化而爲冷烟爲飛灰, 尋之無見, 求之無得. 嘻噫, 吾與汝, 不過爲六歲之父子, 而又不知何時可相從於地下. 然則自今至吾之死, 無非思汝而悲汝之日也, 嗚呼, 其曷可忍邪. 佛氏輪回之說, 雖非吾儒者所道, 然如羊叔子之探環, 房次律之發甕, 其事甚神, 果如傳者之說, 則亦不可全誣其無是理矣. 吾從今只願世世生生, 與汝爲父子, 以續今生未了之債, 亦可以少紓余無窮之悲矣. 嗚呼慟矣, 嗚呼慟矣. 汝之始死, 以俗忌不能葬, 今年寒食日, 易汝棺衾, 深藏于先夫人之墓傍, 而所謂麟錫者又後汝數日而死, 汝將左鳳而右麟, 從吾先夫人於地下, 知汝之魂魄, 庶不孤矣. 嗚呼, 春風一被, 百物回生, 唯汝魂魄, 往而無歸, 悠悠此慟, 曷其有極. 情之所激, 言無倫次, 而皆出汝父之肝膈, 汝其有知, 庶有聞於冥冥中矣. 嗚呼慟矣, 嗚呼慟矣.

39. 訓子八條 _ 李漢

應事時, 輒省心不在腔裏.

溫柔近民, 赦小過, 察其有情無情.

戒暴怒, 下吏有罪, 談笑而治之.

召父老, 訪其疾苦.

事官長如父兄.

牒訴有詐者, 錄其名.

胥徒之過在疑似者, 勿輕泄, 姑默以觀之.

以治民爲心, 勿以家爲累, 不負國是孝子.

40. 英祖實錄 英祖 25年 2月 17日 _ 英祖

　乙未/上命東宮侍坐, 召儒臣讀自省編. 上謂東宮曰, "汝生於安樂, 長於安樂. 代理之後, 若有疑難之事, 須禀於予而爲之也. 東海王陽, 能獻戒於光武, 予之所失, 汝若陳戒, 則世間樂事, 豈有愈於此者乎." 仍命諸臣以次讀自省編, 逐章敎諭東宮曰, "天理不遠, 只在吾心. 天理雖若高遠, 而力行則可以合, 不力行則物欲蔽之矣. 庸君明主之判, 只在理欲公私之分, 汝亦豈不知耶." 又曰, "罔念作狂之狂字, 非謂狂奔疾走也. 違於天理, 則皆是狂矣. 且不爲所當爲之事與爲所不當爲之事, 非狂乎." 又曰, "予十三始就傅, 以晚學之故, 不能躬行而實踐, 且予之氣禀不甚庸下, 故有自信之病, 汝則勝於予. 然爲學之工, 如草木之灌水, 其可不及今年少時懋之乎. 苟失此時, 雖悔曷及." 又曰, "放僻奢侈, 皆由於快心, 人君之事善則百姓稱之, 不善則皆笑之, 所謂鐘街人之罵其君者, 是也. 一快字於汝爲病, 戒之戒之." 又曰, "天命去就, 只視人君之善惡, 億萬蒼生, 乃上天之赤子也. 天以君長之位, 當界之愛蒼生者耶, 不愛蒼生者耶. 桀紂之亡, 湯武之興, 皆由於敬與不敬. 昆蟲草木, 皆吾之物, 汝若拔之踏之, 是忘予也. 微物猶然, 況吾世祿之臣乎."至世豈無兄弟章, 上又曰, "以宋太宗之賢, 不豫於少年天子之稱, 有置朕何地之語, 以曾母之賢, 猶有投杼之事. 人君處至難之地, 多膚受之讒, 能脫於此者鮮矣. 皇兄若如曾母之投杼, 予豈有今日乎. 汝必以事予之心, 事我皇兄, 辛丑冬以後事, 活看可也."又曰, "予入太廟, 輒誦鞠躬如也之句, 氣舒而不知憊, 可見聖人之訓有助於人. 慈殿入侍之時, 汝亦宜誦此句也."又曰, "戶外有二屨, 聲聞則入, 聲不聞則不入, 此不過節目間小事, 此等處省察推去, 亦可以做大事矣."又曰, "飲食, 一時之滋味, 學問, 一生之滋味, 飽而無滯者, 惟學爲然也."又曰, "予於常時, 必跪坐不敢箕踞. 非但學問之工, 卽我家法然也. 汝方代理, 能使八域蒼生, 咸囿於春臺之上, 則可謂風雩之氣象, 若與中官遊於後苑, 謂之浴沂, 是無異桀紂也."又曰, "昔年貢獻中, 有生物則輒放後苑, 今春塘臺池中, 多尺餘之鯉矣."又曰, "予見蟻陣, 不忍踐踏, 且蠅蚋之沉於醬甕者, 皆拯而放之. 雖螻蟻之微猶然, 況人乎. 若於刑獄之政, 輕易處之, 則必誤矣, 愼之愼之."又曰, "予見飛蛾撲燈, 則思顚連溝壑之民, 施周恤之政. 汝雖遊衍之時, 常懷與蔀屋小民, 同此樂之心也. 人有以一子托之人, 猶眷眷勉飭, 況以億萬生靈, 付托於汝."又曰, "祛奢一節, 卽人君之先務. 予於卽位初, 亦有

禁奢侈之事, 先知稼穡之艱, 然後可以節用而愛民. 汝若命烹
一羊, 則弊之及於民者亦大矣." 又曰, "人君慕少艾, 則恩衰
於臣民, 紂之臣民離心, 由於耽于酒色. 予之講此於今日, 皆
爲汝也. 漢成帝臨朝如神, 而燕處與飛燕荒淫, 汝須深戒於
此." 又曰, "城門閉則言路開, 城門開則言路閉云者, 誠切當
也. 開言路, 卽我祖宗朝美事, 汝須敬體. 汝過於嚴毅, 故臣
下不敢批鱗, 汝宜念之." 又曰, "萬機之煩, 潛心整理, 然後
可無失着, 某日某事, 某臣某啓, 必記而置之座右, 有疑則更
問於後日, 可也." 又曰, "創業易, 守成難. 初雖備嘗艱難,
猶有終怠之歎, 守成便安之君, 安保其終始如一乎." 又曰,
"聶夷中春種詩, 實爲懇切, 惟彼耕夫蠶婦之勤苦如是, 而渠
不得自衣自食, 乃以奉予及汝. 思之及此, 豈忍好衣而好食,
不念蔀屋之民乎." 又曰, "予苦心調劑, 慮朋黨之必至亡人
國. 而賢邪進退, 亦關興亡, 汝須體此意而勉之." 講訖, 又
曰, "予之所以誨飭者, 卽爲國苦心. 汝於代理之初, 以立紀
綱作詩, 亦出於容易之意. 作一詩而猝欲立紀綱, 其易乎. 代
理後則體貌自別, 亦不必多作文字也."

41. 憶幼子 _ 南有容

積雨連旬苦不開, 遲遲幼子信書來. 遙知水潤柴門外, 日舞
長竿上釣臺.

42. 待兒行 _ 李匡師

恻風穿嶺頂, 愁雨厲川艱. 羸馬行何苦, 遙憂日萬端.

需人元自苦, 竣子況天涯. 生事憂兒輩, 窮途愧作爺.

苦雨連三日, 關心遠途來. 天心殊咫尺, 行處或淸開.

43. 書與墿兒 _ 安鼎福

夫婦之際, 百福之源, 謹始之道, 不可不謹也. 都忘禮敬, 遽相狎昵, 則爲禽爲獸, 卽在於此, 敗名墜宗, 恒由於斯, 可不謹哉. 中庸曰, "君子之道, 造端乎夫婦." 曺南冥嘗曰, "人之平居, 不可與妻孥共處, 雖有姿質之美者, 因循汨溺, 不能有成." 許觀雪與其內子, 相對如賓, 至老愈至, 至今人稱之不容口, 此最可法也. 今世人家子弟, 少長於父母之側, 不知出入接物之節, 一朝娶婦, 輕弱之流, 多不以禮律身, 言行之際, 尤悔交至, 爲人所輕賤, 所當惕念也. 婦家便安, 易至汨溺, 昔晉文公劉先主以英雄之姿, 尙有此患, 況以懦弱之質而當之哉. 君子所貴乎剛者, 能不爲慾所屈, 且古人以宴安爲鴆毒, 常常警察焉. 今我送汝, 非爲隨俗婦家請邀之禮而然也. 尹丈幸在其同鄰, 冀汝庶有薰陶之望耳, 當逐日進候, 所讀論語, 早晚請業. 如在家時, 愼勿汗漫出入, 優遊度日, 虛送此時月也. 一爲前輩長者所不禮之人, 則來頭無着足處矣, 戒之哉.

居處須是恭敬, 不得倨肆怠慢. 言語須要諦當, 不得戲笑喧嘩.

凡事謙恭, 不得尙氣凌人, 自取恥辱.

不得飮酒荒肆廢業, 亦恐言語差錯, 失己忤人, 尤當深戒.

不可言人過惡及說人家長短是非, 有來告者, 亦勿酬答.

交遊之間, 尤當深擇, 雖是同學, 亦不可無親疎之辨. 此皆當請於先生, 聽其所敎. 大凡敦厚忠信, 能攻吾過者益友也. 其諂諛輕薄, 傲慢褻狎, 導人爲惡者損友也. 推此求之, 亦自合見得五七分, 更問以審之, 百無所失矣. 但恐志趣卑凡, 不能克己從善, 則益者不期疎而益遠, 損者不期近而日親, 此須痛加點檢而矯革之, 不可荏苒漸習, 自趨小人之域, 如此則雖有賢師長, 亦無救拔自家處矣.

見人嘉言善行, 則敬慕而紀錄之, 見人好文字勝己, 借來熟看, 或傳錄之而咨問之, 思與之齊而後已.

右六條, 朱子訓子書, 日間當誦念而體行之, 勿以故紙上陳言看之也.

44. 寄兒輩平書 _ 朴趾源

作我東紀年二卷, 實多疎略, 可歎. 雖然, 亦好攷閱, 須給賴兒, 時時詳覽, 可也. 年少聰明時, 不可不觀也. 朴氏家訓一卷, 上去否. 先諱, 以靑紙傳之如何. 此冊, 切勿借他如何. 易致闕失故也. 小學紺珠, 艱辛謄出, 公然失之, 豈不可惜之

甚者乎. 汝之於書冊, 無誠如此, 常爲慨然者也. 吾則朱墨之
暇, 猶能及於閒事, 時時著書, 或臨帖試筆, 汝輩終歲, 所業
何事. 吾四年間, 熟看綱目, 周復再三, 而年老掩卷輒忘, 不
得不作一小冊抄錄, 而不緊甚矣. 雖然, 伎癢所使, 不能自已
也. 每思汝輩伈伈度日, 悠泛送年, 豈不可惜之甚者乎, 盛年
若此, 到老, 將如何區處. 好笑好笑. 椒醬一小缸覓送, 置之
斜廊, 每飯喫之, 可也. 此吾手所自沈, 而未及爛熟耳.

45. 庭誡 _ 尹愭

權傾一世, 有挾驕人, 不安其分, 專言人過, 有一於此, 未
或不亡.

聖人有言曰, "以德報德, 以直報怨." 恩怨之間, 必念於斯,
毋或違也.

我有貸於人, 必報之無失其期, 人有貸於我, 雖失期毋相迫
也.

世人皆自有肺腸, 不知人皆有肺腸, 亦愚之甚也已矣.

世間多少事端, 大率皆因會集而起. 故凡會集, 無論大小,
皆不宜赴. 康節曰, "會有四不赴, 時有四不出." 吾謂不但四
而已也.

外柔內剛, 孫言危行, 是吾平生所守也, 盖氣質近之.

人皆欲獨利於己, 苟有小利, 不勝自賀, 而利害乃相隨之
物, 知有目前之利, 而不知有無窮之害傷己.

人之病在好求於人，夫有無相資，莫如買賣，何必求而後得之．苟不可買而不可已者，則求於人斯可矣，亦必審其人而求之則善矣．

人之最可戒者，在於說貧．說貧則無益於救貧，而人之聞之者，外雖曰憐愍，內實賤侮之而已，則亦何益之有．又有在官而對人，輒說俸祿之薄，債貸之多者，滔滔皆是，吾不忍爲也．

外飾廉潔而內濟貪慾，陽却請謁而陰行私邪者，與穿窬何以異哉．

吾嘗以爲人雖窮賤，有不可行者三，往親知之官所也，隨妻鄉而卜居也，作師於人而依賴之也．

所識者爲外任，不可往見，若交分不可不致賀則使人，可也．

人多不知與人言，與正人言，如與不正人言，與直人言，如與不直人言，與廉人言，如與不廉人言，與公人言，如與不公人言則何益矣．若其怒虛舟而嚇鵷雛者，又未足與議於與人言也．

出言遇事，必揆之以義理，而又律之以聖賢，則庶或無陷於大過矣．

父子兄弟夫婦，皆一家之內至親熟者也，平日言行心志好惡，宜無所不知，知之宜無所不盡，而猶或有不相知不相孚之患，況於君臣朋友之間乎．若昭王之於樂毅，鮑叔之於管仲，千載一而已矣．

古之言也易，今之言也難．古之人任情直截，而人以爲然，不以爲異．然猶有金人之三緘，白圭之三復．今之人委曲商

量, 而動輒以言獲戾, 故每多不愼樞機之歎. 如使古之人當今
之時, 其戰兢尤何如哉.

46. 寄稺兒 _ 朴齊家

得書, 又踰月矣. 汝輩常以停啓爲歸期矣. 啓已停, 而又冒
於府之不發關, 似未易出場也. 天鑑無幽不燭, 拔之坑塹, 置
之袵席, 又何足以未卽歸爲恨耶. 自有時, 非人力也. 但歎汝
輩不肯讀書, 不能幹父之蠱, 安能使老无咎耶. 曾聞賣屋,
吾不欲以家事累心, 而在此又不可如吾意. 我若歸, 則雲遊
八域. 自有資身之計, 汝輩不必慮我. 但尋究義理, 孶孶不
已, 勿爲衣食所撓. 耕也餒在中之訓, 眞不可泛聽也. 如欲鄕
居, 扶餘亦可. 吾自善處, 讀書自遣, 至於一切世味, 情緣幾
乎斷送, 可謂去神仙不遠. 但旁無起予者, 哦然自笑而止, 日
對古聖賢, 日日頓飯, 顏色比昔加勝, 此外何恨. 扶餘李相國
亭子破落, 而其下澄潭, 似是勝境, 汝往問之. 汝不必求它
方, 全家往耕吾田, 不至飢乏. 節儉不作食肉想, 亦可儲蓄,
何不念之.

47. 又示二子家誡 _ 丁若鏞

陸子靜曰, "宇宙間事, 是己分內事, 己分內事, 是宇宙間
事." 大丈夫不可一日無此商量, 吾人本分, 也自不草草.

士大夫心事，當如光風霽月，無纖毫蓄翳．凡愧天怍人之事，截然不犯，自然心廣體胖，有浩然之氣．若於尺布銖貨，瞥有負心之事，卽是氣餒敗，此人鬼關頭，汝等切戒之．再此口業，不可不愼，全體皆完，一孔偶滲，猶是破甕．百言皆信，一語偶謊，猶是鬼徒，汝等切戒之．語言浮夸者，民莫之信，貧賤者尤當訒言．

吾家自先世不涉朋黨，況自屯邅，苦遭知舊推淵下石．汝等銘肺，痛滌黨私之心．

大饑百姓死者鉅萬，疑天者有之，余觀餓莩大抵皆惰者，天厭惰者，劋殄滅之．

余無宦業，可以田園遺汝等，唯有二字神符，足以厚生救貧，今以遺汝等，汝等勿以爲薄．一字曰勤，又一字曰儉，此二字，勝如良田美土，一生需用不盡．何謂勤．今日可爲，勿遲明日，朝辰可爲，勿遲晚間，晴日之事，無使荏苒值雨，雨日之事，無使遷延到晴，老者坐有所監，幼者行有所奉，壯者任力，病者職守，婦人未四更不得寢，要使室中上下男女，都無一個游口，亦無一息閒晷，斯之謂勤也．何謂儉．衣取掩體，細而敝者，帶得萬古凄涼氣，褐寬博雖敝無傷也，每裁一領衣衫，須思此後可繼與否．如其不能，將細而敝矣，商量及此，未有不捨精而取疏者．食取延生，凡珍脘美鯖，入脣卽成穢物，不待下咽而後人唾之也．

人生兩間，所貴在誠，都無可欺．欺天最惡，欺君欺親，以至農而欺耦，商而欺伴，皆陷罪戾．唯有一物可欺，卽自己口

238

吻. 須用薄物欺罔, 瞥過暫時, 斯良策也. 今年夏, 余在茶山,
用蒿苣葉包飯, 作摶而吞之, 客有問者曰, "包之有異乎菹之
乎." 余曰, "此先生欺口法也." 每喫一膳, 須存此想, 不要竭
精殫智, 爲溷圈中效忠也. 這個思念, 非爲目下處窮之方, 便
雖貴富熏天, 士君子御家律身之法, 捨此二字, 無可著手處
也, 汝等切須銘刻.

48. 農兒壙志 _ 丁若鏞

　農兒孕於谷山, 生於己未十二月初二日, 死於壬戌十一月三
十日. 疹而痘, 痘而癰也. 余在康津謫中, 爲文寄其兄, 令哭
而諭之於其所坽. 哭農兒文曰, 汝之入世而出世也, 纔三朞
已, 而與我別居其二, 人有六十年生世, 而四十年與父別者,
其可哀也已. 汝之生也, 吾憂深, 名汝曰農. 旣已家及焉, 使
汝活, 農而已, 然賢於死. 使吾死, 將欣然踰黃嶺而濟洌水,
是吾死賢於活, 吾死賢於活而活, 汝活賢於死而死, 非吾之所
能爲也. 使我在, 汝未必活, 而汝母之書曰汝云, "父歸我則
疹, 父歸我則痘." 汝非能有所揆度而爲斯言, 然汝以我歸爲
可依也, 汝願不遂, 其可悲也. 辛酉之冬, 果川之店, 汝母抱
汝而送我, 汝母指我曰, "彼爾父", 汝從而指我曰, "彼吾
父", 而父之爲父, 汝實未知, 其可哀已. 鄰人之去, 寄矸螺二
枚, 令遺汝, 汝母之書曰汝每康津人至, 索矸螺不得, 意甚
沮, 及其死而矸螺至, 其可悲也. 汝貌秀削, 鼻之左有小黑

子，其笑也雙牙尖．嗟乎，吾唯思汝貌，不妄以報汝．得家書，
以其生日埋．

49. 題兒輩詩卷後 _ 金正喜

　最是此事，別有神解，然後可以說到，又不可以口喻筆傳．
須就東坡山谷兩集，熟看爛讀，千周萬遍，自有神明告人．最
忌心麤，又忌赤手捕龍．獅子頻申，捉象亦全力，博兎亦全力．

50. 孩兒初度祝語 _ 洪吉周

　某年月日，孩兒初度也．洗浴加新衣服，設盤於前，陳戲
具，其父拊其頂而爲之祝曰，“古者，敎子於襁褓，吾將頌汝
以德．聖賢之道，布在方策，吾願汝學之也，汝其先執書卷．
旣學矣，非文辭，無以述往而啓來，汝其次捫筆与墨．旣有文
矣，四方之志，不可以不有也，汝其次秉弓矢．旣志矣，吾願
汝以是而用于岩也，汝其次取告身．旣用矣，必將衣食彼烝
民，於是乎握絲与米．斯民旣得其所，君子迺可以飲食醼樂，
以與衆共之，於是乎攫餠以分人．天下旣安，功成而樂極，君
子可以知足而止矣，於是乎撤盤斂戲具，招嬭而飼乳．”祝旣
訖，在座者咸曰，“美哉，可謂善頌善禱者也．”錄之以俟其長
而示之．